悪役令嬢、セシリア・シルビィは死にたくないので男装することにした。5

秋桜ヒロロ

JN110071

23316

角川ビーンズ文庫

ACADEMY of VULUHEL

CONTENTS

Name.　セシリア・シルビィ

ギルバート・シルビィ
セシリアの義弟で攻略対象。セシリアの男装学院生活に協力している。
オスカー・アベル・プロスペレ
王太子。セシリアの婚約者で攻略対象。
セシリア・シルビィ
シルビィ公爵家令嬢。『ヴルーヘル学院の神子姫3』に登場する悪役令嬢。
セシル・アドミナ
男爵子息としてセシリアが男装した姿。通称『学院の王子様』。

人物紹介

ジェイド・ベンジャミン

青年実業家で攻略対象。
セシリアのクラスメイト。

リーン・ラザロア

男爵令嬢。『ヴルーヘル学院の
神子姫3』のヒロイン。

ヒューイ・クランベル

リーンの恋人。元暗殺者。

ダンテ・ハンプトン

オスカーの友人で攻略対象。
元暗殺者。

モードレッド

ヴルーヘル学院の保健医で
攻略対象。

グレース・マルティネス

学院の生徒。敷地内にある研究
所で音響について研究している。

ツヴァイ・マキアス

攻略対象の双子弟。
少し気弱な性格。

アイン・マキアス

攻略対象の双子兄。
勝気な性格で弟思い。

ローラン・サランジェ

ノルトラッハの第四王子。
ジャニス王子の弟。

ジャニス・サランジェ

ノルトラッハの第三王子。多くの攻略ルートにおいてラスボスとして現れる。

悪役令嬢、セシリア・シルビィは死にたくないので男装することにした。5

マルグリット・オブリー

今代の神子で、
ジャニス王子と一緒に
逃亡中。

本文イラスト／ダンミル

プロローグ

汚《きたな》いものが嫌《きら》いだ。醜《みにく》いものが嫌いだ。薄《うす》っぺらいものが嫌いだ。偽物《にせもの》が嫌いだ。

作り笑いが嫌いだ。何を考えているのかわからない奴《やつ》が嫌いだ。打算的な奴が嫌いだ。

哀《あわ》れみの言葉が嫌いだ。何もしてくれない奴の同情が嫌いだ。

感情移入してくる奴が嫌いだ。勝手にわかった気になっている奴が嫌いだ。

侮蔑《ぶべつ》が嫌いだ。蔑視が嫌いだ。嘲笑《ちょうしょう》が嫌いだ。冷笑《れいしょう》が嫌いだ。愚弄《ぐろう》が嫌いだ。

中身のない褒《ほ》め言葉が嫌いだ。返ってくると信じて向けられる好意が嫌いだ。

仲間意識が嫌いだ。自慢《じまん》が嫌いだ。不幸自慢が嫌いだ。世辞が嫌いだ。猫《ねこ》なで声が嫌いだ。

辛《つら》いことがある日の朝日が嫌いだ。楽しかった日の夕焼けが嫌いだ。

国が嫌いだ。民《たみ》が嫌いだ。

父が嫌いだ。私を疎《うと》ましく思う兄たちが嫌いだ。

隣国《りんごく》が嫌いだ。隣国の民が嫌いだ。

神子《みこ》が嫌いだ。それにまつわるもの、全《すべ》てが嫌いだ。

でも、勘違《かんちが》いしないで欲しい。

だから、殺すんじゃない。だから、壊《こわ》すんじゃない。

もちろんそれらも理由の一つだけれど、大まかな部分を占《し》めてはいるけれど。


私は、私自身が一番嫌いだ。だから、全てを壊すのだ。

全てを傷つけてしまう私の、大事なものをなにも手元に残しておけない私自身の道連れに、二番目に嫌いな彼らを選んだに過ぎないのだ。


ボロボロになった教会のカーテンが、隙間風《すきまかぜ》にふわりと揺《ゆ》れる。

私はそれを見ながら、とある約束を思い出していた。

あの心を削《けず》るだけだった王宮で、母の他《ほか》に唯一《ゆいいつ》家族と呼べた人間との大切な約束。

今更《いまさら》思い出しても、もうその約束を守ることは出来ないけれど。きっと約束を交《か》わした人物と会うこともないだろうけれど。もしかしたら、相手は約束を覚えてさえもいないかもしれないけれど。

「ジャニス様、準備が整いました」

「あぁ、いま行く」

マルグリットに呼ばれ、座っていた教会の椅子《いす》から立ち上がる。
振《ふ》り返ると、まだカーテンは揺れていた。
思い出の少年は、瞼《まぶた》の裏で笑う。
(せめて、あの笑顔《えがお》は壊れなかったらいいな)
全てを壊そうと思っている裏側で、私は確かにそう思う。
そう思うのに、歩みを止めようともしない私。
だから私は、やっぱり私が嫌いだ。
大嫌いだ。

第一章 ひとときの平穏

ヴルーヘル学院には、『王子様』がいる。

溶《と》けた飴《あめ》を思わせる、艶《つや》やかなハニーブロンド。

輝《かがや》く海を思わせる、煌《きら》びやかな碧眼《へきがん》。

誰《だれ》もが振り返るような中性的な相貌《そうぼう》は、最近では神話に喩《たと》えられるほどで。

背中に棒が一本入ったかのような洗練された立ち姿は、百合《ゆり》とも白薔薇《しろばら》とも評される。

彼に耳元で愛を囁《ささや》かれれば、その蠱惑《こわく》的な魅力《みりょく》に老若男女《ろうにゃくなんにょ》問わず、人々は地に伏《ふ》して、『王子様』に永遠の愛を誓《ちか》うと噂《うわさ》されていた。


そんな『王子様』の目の前には、二人の『お姫様《ひめさま》』がいた。

——『お姫様』(?)がいた。

一人は、深い紅色《くれないいろ》の髪《かみ》にナイフのような鋭《するど》い目。身長は高く、女性と言うには肩幅《かたはば》が広い。顔の造りは整っているが、顎《あご》にかけての輪郭《りんかく》などがどこからどう見ても男性のそれで。薄目《うすめ》で見ても、遠目で見ても、とても女性とは言い難《がた》かった。

隣《となり》に立つもう一人も身長は高く、隣の姫ほどではないが明らかに体つきは男性のそれだ。しかしながら、艶やかな黒髪から覗《のぞ》く顔は女性と見紛《みまご》うばかり。けれども、黒曜石のような瞳《ひとみ》から放たれる視線は、相手を射殺してしまいそうな鋭さをもっていた。

誰もいない空き教室でその二人の姿は明らかに浮《う》いており、得も言われぬ存在感を醸《かも》し出している。

『お姫様』の名は、オスカー・アベル・プロスペレ、ギルバート・シルビィ。

そして――

「ふ、二人とも最高ですわ！　まさかここまでドレスが似合わないだなんて、予想外も予想外です!!」

目に涙《なみだ》を浮かべながら笑っているのは、リーン・ラザロア。

二人が女装する原因になった女生徒である。

そんな彼女の隣で、『王子様』は焦《あせ》ったように声を上げた。

「ちょ、ちょっと、あんまり笑ったらまずいって！　二人とも怒《おこ》ってるよ！」

「怒ってるというか、これは、だな……」

「絶望……って感じですね」

ドレス姿のまま暗い口調でそう言う彼らに、『王子様』は少しオロオロとした後、ポン、と二人の肩に手を置く。そして急に真剣《しんけん》な顔になり、彼らを鼓舞《こぶ》するような強い口調でこう宣《のたま》った。

「大丈夫《だいじょうぶ》、二人とも似合ってるよ！　可愛《かわい》いし、綺麗《きれい》だよ！」

「いや、あのな……」

「そういうことじゃなくて……」

「自信もって！　俺は、いつもの二人よりも素敵《すてき》だと思う！」

着飾《きかざ》っている状態の方が素敵だ。

そういう意味で『王子様』は言ったのだが、彼のちょっとズレた励《はげ》ましに『お姫様』二人の声は見事に重なる。

「嬉《うれ》しくない！」

「嬉しくない！」

「えー！」

「その言いようは、さすがの私でもひどいと思いますわよ？」

「リーンまで⁉」

味方であるはずの彼女の裏切りに、『王子様』は頰《ほお》を引き攣《つ》らせた。

『王子様』の名はセシル・アドミナ。

男装の麗人《れいじん》である彼女は、今日も楽しげに声を上げるのだった。

「あー、笑った！　笑った！」

「もぉ、リーン。ああいうのやめてあげなよ。二人とも可哀想《かわいそう》だったよ？」

セシリアが未《いま》だ笑い続けるリーンをそう諭《さと》したのは、学院の敷地《しきち》内にある旧校舎だった。放課後を迎《むか》えた旧校舎の廊下《ろうか》に人はおらず、窓から夕日が差し込んできている。

セシリアの言う『ああいうの』というのは、もちろん二人の女装の事だ。

少し責めるようなセシリアの台詞に、窓側を歩いているリーンは、悪びれる風もなく、くるりと身体《からだ》ごとセシリアに向いた。

「でも、今回はあの二人から名乗りを上げてくれたのよ？」

「名乗りを上げてくれたっていうか、あれは脅《おど》したって言い方が正しいんじゃない？」

「あら、心外ね！　脅してなんかいないわよ。私はただ、事実を言っただけなんだから！」

「それはそうかもしれないけどさー」

「それに、私に言わせれば、脅されるような情報を他人に渡《わた》している彼らが悪いのよ！」

からりとした台詞《せりふ》に、二人が脅される原因となってしまったセシリアは、思わず口を噤《つぐ》んだ。

リーンが、オスカーとギルバート、そしてセシリアを呼び出したのは、その日の授業が終わってすぐのことだった。

『空き教室に来てください。ご相談したいことがあります』

それだけ言って去ってしまったリーンを不審《ふしん》に思いながらも、特に用事もなかったということもあり、三人は言われた通りに旧校舎の空き教室に行った。指定された教室の扉《とびら》を開けると、目の前には背の高いトルソーに着せられた二着のドレス。一着は、スレンダーラインのドレスで、色は濃《こ》い緑色。一部にサテン生地《きじ》を使っているからだろう、ドレスは光を受けるとつややかに輝き、とても艶《あで》やかだった。もう一つのドレスは、くすんだ赤色。片方のドレスとは違い、こちらはプリンセスラインのドレスで艶やかというよりは華《はな》やかだった。腰《こし》のあたりには大きな花が付いていている。

本物の仕立屋もびっくりするほど綺麗に縫製《ほうせい》されたそれらの前に、リーンはいた。そして、三人が教室に入ってきたのを確認《かくにん》するや否《いな》や、突然《とつぜん》こう切り出してきたのだ。

『今回呼び出したのは他《ほか》でもありません。お二人にはこのドレスを着ていただこうと思いまして！』

『お二人？』

『オスカー様とギルバート様ですわ！』

弾《はじ》けるような笑《え》みでそう言われても、『はい、そうですか』と素直に頷《うなず》くことはできない。

困惑《こんわく》……というか、心底嫌《いや》そうな表情を浮かべる二人に、リーンは彼らにドレスを着てほしい理由を語り出した。

『実は、次に出す本で「女装して潜入《せんにゅう》をするオランとクロウ」の話を入れたいと思っているのです！　それで、出来ればお二人に挿絵《さしえ》のモデルをしていただきたいと思っておりまして……』

理由は至極《しごく》単純で、いつも通り。

トルソーに着せられているドレスと、側《そば》に置いてあるかつらは、このためだけに夜なべして用意したものらしい。

ちなみに、オランとクロウというのはリーンが書いている小説のキャラクターで、オスカーとギルバートがそれぞれモデルになっている。

しかし、そんな衣装を持ってきても、二人は当然のごとく素直に頷かない。ギルバートにいたっては、誰がお前なんかに協力するか、という態度丸出しで『絶対に嫌です』と冷たく言い放っていたし、オスカーも困り顔で『趣味《しゅみ》をやめろとは言わんが、それはさすがに……』と困惑した声を出していた。

そんな彼らの反応にリーンは演技がかった口調で『それは困りましたわ』と頬に手を当てて大袈裟《おおげさ》にため息を吐《つ》いた。

『それでは、話の内容を変えるしかありませんわね。まぁ、新キャラを出したいと思っていたので、良い機会だということにしておきましょう』

『新キャラ？』

『ダンテ様です』

オスカーの問いにリーンは嬉々《きき》としながらそう答える。

『よくよく考えたら、ダンテ様って超絶《ちょうぜつ》攻め攻めキャラクターじゃないですか？　分類的にはトリックスターって感じなんでしょうけど、メインでもいけそうな雰囲気《ふんいき》を持っておられますし！　前々からダンテ様をモデルにしたキャラクターを出したいと思っていたんですよね！』

よく回る舌をいつも以上に回しながら、リーンはその勢いのまま二人に身を乗り出した。

『それで、今後はダンテ様のキャラとセシル様のキャラをイチャイチャさせようかと思いまして！　ダンテ様なら問題なくモデルを引き受けてくれると思いますし、ノリノリでセシル様とイチャイチャしてくれると思いますの！　受けに回っているシエル様って最高に滾《たぎ》りません？　今後はきっと挿絵も増えますわ！』

という台詞の後、二人は協力してくれることになったのだ。

ちなみにセシリアは、その台詞の直後『えぇ、聞いてないよ！　俺、そんなことしないからね!?』とひっくり返った声をあげていたのだが、『ほら、セシル様は私にいろいろ借りがあるじゃないですか！　神殿《しんでん》でのこととか！』とリーンに言われ、もう何も言えなくなった。

確かにある。借りはある。

「ま、仮に二人が頷かなくてもアンタにそんなことさせなかったけどね」

後ろ向きで歩きながらそう言うリーンに、セシリアは「え。そうなの？」と声を大きくした。するると彼女は「当たり前でしょ！」と人差し指を立てる。

「シエルは、私の中で永遠の攻めだもの！　受け手に回るだなんて解釈違《かいしゃくちが》い！　リバも絶対に許さない過激派なんだから！　というか、そもそも物語の途中《とちゅう》でカップリングを変えるわけないじゃない！　相手側が死ぬぐらいのことがないと、そんなの絶対に無理よ！」

「そう……」

がっかりというか、気が抜《ぬ》けたというか。いつも通りの彼女に僅《わず》かな安心感も覚えてしまって、セシリアは困ったような顔で苦笑いを浮《う》かべた。

「それにしても、二人とも顔がいいのにあんなに女装は似合わないのね。セシリアの逆だから、てっきり行けると思ったんだけど」

「まぁ、二人とも身長あるしね……」

「オスカーはあれだったけど、ギルバートの方はやっぱり綺麗《きれい》な顔立ちしているから化粧《けしょう》も似合ってたのに、二人ともどうやってもシルエットがねぇ。一応、身体のラインを隠《かく》すようなドレスにしたつもりなんだけど、さすがに甘かったかぁ」

唇《くちびる》をとがらせながら「あのドレス作るの、結構大変だったのにー」と落ち込む親友を、セシリアは「それは、お疲《つか》れ様」と労《ねぎら》う。

窓から差し込んだ夕日が二人の頬を赤く染め上げて、僅かな沈黙《ちんもく》が落ちる。

「なんか、最近平和ねー」

「……そうだね」

セシリアはリーンに促《うなが》されるように窓の外を見ながらそう同意した。

冬の休暇《きゅうか》も終えて、一月もそろそろ半ば。

グレースが言うには、今の段階でゲームのメインシナリオは終わっているらしい。もちろん細々としたイベントはまだあるらしいのだが、メインのシナリオに関《かか》わるものではないというのだ。まぁ、それはそうだろう。神子《みこ》になる人間も聖騎士《せいきし》も半ば決定しているのだから、これ以上何かが起こるわけもない。なので、『三月末まで、このまま何も起こさず過ごす』というのがここから先の目標だとグレースは言うのだが……

(本当にこのまま何も起こさず、三月末まで過ごせるのかな)

そんな風に思いながら、セシリアは息を吐く。

今が一月の半ばなので、三月末まではあと二ヶ月以上ある計算だ。これまでの一年間を振《ふ》り返ったらいかにも無理そうだが、やらなくてはならないのなら頑張《がんば》るしかないだろう。

これからのことを憂《うれ》いながらセシリアがそう息をついた瞬間《しゅんかん》、リーンが口を開いた。

「セシリアもそろそろ決めないとね」

「え、決めるって何を？」

「何をって、二人のうちどっちを選ぶのか、をよ？」

「は？」

リーンの言葉を正しく理解したセシリアは、みるみるうちに頬《ほお》を赤くした。その顔色のまま、彼女は眉《まゆ》を寄せる。

「な、なんでそんな話になるかなぁ……」

「なんでって、今が平和だからよ！　アンタは一つのことに集中しだすとすぐに周りが見えなくなるんだから、こういう安穏《あんのん》とした時じゃないと自分の恋愛《れんあい》のことなんて考えられないんじゃない？」

「う……」

さすが前世からの親友だ。よくわかっている。そして、セシリアがあえてそのことを考えないようにしているのも、見透《みす》かしているようだった。

「アンタって、自分の恋愛話が苦手なところは前世そのままよね？　乙女《おとめ》ゲームはやるくせにさ」

「乙女ゲームは少女漫画《まんが》と同じ感覚なんです！　こう、自分が恋愛するんじゃなくて、人の恋愛を側で見守る的な？　だから、自分のことのように考えたことがないというか……」

「じゃぁ、二人とも恋愛対象として見られないってこと？」

「そういうわけじゃないんだけど……」

セシリアは頭を抱《かか》えたまま項垂《うなだ》れる。

恋愛対象として見る見ないの話で言えば、一緒《いっしょ》に居るとドキドキするし、アプローチをかけられたら勝手に体温が上昇《じょうしょう》してしまうのだから、きっと恋愛対象としては見ているのだろうと思う。ただ、それだけで『付き合いましょう』『今日から恋人《こいびと》です』とはならないわけで。

結局のところ、セシリアが自分の気持ちを把握《はあく》できていないのが一番の問題なのである。

「とにかく、もうちょっと待ってほしいと言いますか……」

「そんなこと言って、時間をかけたらちゃんと答えが出るって話でもないんでしょう？」

「それは、そうだけど……」

いきなり自分の恋愛なんて難しすぎる。

思い悩《なや》むセシリアを尻目《しりめ》に、リーンはからりと笑う。

「ま。私はセシリアが幸せになってくれるのなら、どっちとくっついてもいいと思ってるわよ！　今のところ、どっちがいい、とかってのはあるの？」

「どっち……っていうか。そういう、選ぶ、って話じゃない気がするし。オスカーとギルは、それぞれ別に考えたいっていうか……」

「つまり、二人とも振られる可能性もあるってこと？　やん！　魔性《ましょう》の女じゃない！」

興奮したリーンに背中を勢いよく叩《たた》かれて、セシリアは「茶化さないでよ……」と力なく肩《かた》を落とす。

「別に、茶化してないわよ。ただ、いい加減決めてやらないと二人とも可哀想《かわいそう》って話じゃない！」

「それは、そうかもだけどさ。恋愛って、今まであんまり考えたことがないから、やっぱり難しいよ」

「まぁ、アンタはそうでしょうね」

リーンは腕《うで》を組みながら少し唸《うな》ったのち、ハッと顔を上げてこんな提案をしてきた。

「そういえば最近、街で占《うらな》いが流行《はや》っているらしいんだけど。そこに行ってみる？」

「占い？　そんなところ、行ってどうするの？」

「どっちと相性《あいしょう》がいいか見てもらう」

「それで決めるのって絶対不誠実だよ……」

占いで貴方《あなた》の方が相性が良かったです。だから、お付き合いしましょう！　……というのはどう考えても不誠実すぎる。あみだくじと変わらないじゃないか、そんなもの。

「それなら、アンタ自身がちゃんと決めないと！　逃《に》げてないでね！」

「そう、だよね……」

「ってことで！　セシリアは、今から私と二人で恋バナね！」

「こ、恋バナ!?」

「根掘《ねほ》り葉掘り、聞いちゃうわよー！」

なぜか両手の指をくねくねと動かしながらにじり寄ってくるリーンに、セシリアは「ひぃっ！」と声を出しながら後ずさりする。

「ほら、貴方の親友が、色々と話を聞いてあげるからねー！」

「ちょ、あの……」

下がった足の踵《かかと》が何かに当たる。振り返れば背後には壁《かべ》があった。

どうやら、知らない間に壁際《かべぎわ》まで追い詰《つ》められていたらしい。

「さ。恋バナしましょ！」

「あ、あの……！　わ、私、さっきの部屋に鞄忘れてきたんだった！」

あまりの圧力に、セシリアはそう叫《さけ》びながら元来た廊下《ろうか》を逃げていくのだった。


一方その頃《ころ》、空き教室にはオスカーとギルバートがいた。

リーンとセシリアを先に帰した二人は、被《かぶ》っていたかつらを取り、同時にため息をつく。

「まったく、着せるだけ着せておいて、あいつらは……」

「本当ですね」

そう愚痴《ぐち》を吐《は》き出しながら、彼らは自身が着ているドレスに手をかけた。

二人が着用しているのはデコルテなどが出るような正装《グラン・トワレット》ではなく、七分袖《しちぶそで》の半正装《ドミ・トワレット》。一般的《いっぱんてき》にはディナードレスと呼ばれるものだ。絵を描《か》くためだけに用意したものだからか本物の半正装《ドミ・トワレット》より簡易な造りになっており、一人で着たり脱《ぬ》いだりするのも出来なくはない。しかしながら、女性ものの服を着るということがそもそも不慣れなので、ボタンをはめたり裾《すそ》を整えたりという作業は、二人が協力して行っていた。

「紐《ひも》を緩《ゆる》めますから、後ろを向いてください」

「悪いな」

そう言ってオスカーが背中を向けると、ギルバートは器用にスカートを固定していた紐を解《ほど》いていく。レースの間に隠《かく》れているボタンを自らの手で外せば、幾分《いくぶん》か呼吸が楽になった。

「それにしても、お前、手慣れてるな」

「まぁ、俺は器用ですからね」

「自分で言うのか」

「事実ですから」

ギルバートは淡々《たんたん》とそう言いながら最後のボタンを外し終える。

オスカーはドレスを持ち上げるようにして脱ぎ、今度は背を向けたギルバートのドレスの紐を解き始める。

「それに、セシリアのドレスを緩めてたこともありますからね」

「……は？」

あまりの衝撃《しょうげき》に、オスカーの手が止まる。

ギルバートは大きく目を見開く彼を振り返り、呆《あき》れたように片眉を上げた。

「なんて声を出しているんですか。……幼い頃の話ですよ」

「幼い頃でもダメだろ！」

「別に変なことをしたわけじゃないですよ」

ギルバートはため息をつきながら、自身で正面のボタンを外し始める。

「ご飯を食べすぎて気持ち悪いと言うので、背中の紐を緩めたりしてたんです。セシリアは社交界にほとんど出ていませんでしたからね。家でも、正装した状態で食事をする練習とかを頻《ひん》繁《ぱん》にしていたんですよ」

「あぁ、そういうことか。……でも、それは羨《うらや》ましいな」

「……ドレスの紐を緩めるのが？」

真っ黒なオーラを放ちながら再び振《ふ》り返ってきたギルバートに、オスカーは真っ赤になって反論する。

「ち、違《ちが》う！　なんというか、その。お前には思い出があるんだなと思って、だな……」

「思い出？」

「俺が知らないセシリアを知っているというのは、普《ふ》通《つう》に羨ましいだろう？」

幼い頃から一緒にいるギルバートに比べて、初対面から再会まで、十二年間の空白があるオスカー。

今更《いまさら》それをどうこう言うつもりはないが、羨ましいと思ってしまうのも彼の本音だった。

「貴方は、そういうところが本当に素直《すなお》ですよね」

「そうか？」

「はい。少なくとも俺には、そういう真似《まね》はできませんよ」

紐とボタンを全《すべ》て外し終わると、ギルバートもドレスを脱ぐ。

二人はドレスをざっくりと畳《たた》むと、リーンが『脱ぎ終わったドレスはここに置いておいてくださいませ！』と言っていた机の上に置いた。そして、ドレスを着るために裸《はだか》になっていた上半身にシャツを羽織る。脱いでいたのは上半身だけなので、シャツのボタンを留めて上着を着れば元通りだ。

「というか、前々から聞きたいことがあったんだが、今いいか？」

「はい。なんでしょう？」

「俺がセシリアに送っていた手紙、お前が処分していただろう？」

その言葉に、ギルバートのボタンを留めていた手が止まった。しかしそれも一瞬《いっしゅん》のことで、彼はすぐに手を動かし始める。

「あぁ、気がついていたんですね」

「気がついていたんですね。って、お前なぁ……」

「検閲《けんえつ》ですよ。変な虫がつくと何かと大変でしょう?」

「虫って――」

虫と呼ばれてしまう王子様である。

オスカーは口をへの字に曲げたまま、少しだけ低い声を出した。

「お前、もしかして俺のことが嫌《きら》いなのか?」

「今頃《いまごろ》気がついたんですか? というか、好かれているとでも?」

「なっ――」

あまりの辛辣《しんらつ》さにオスカーが狼狽《うろた》えたような声を出すと、ギルバートは目を合わせないまま、どこかバツが悪そうにこう続けた。

「でもまぁ、最近は前ほどじゃないですよ」

「そうなのか?」

「あんまり嬉《うれ》しそうな声を出さないでください。貴方はそういうところがずるいんですよ」

「ずるい? 俺がずるいのかどうかはよくわからんが、多少は評価が持ち直しているようで良かった」

本当に安心しきった声を出すオスカーに、ギルバートは僅《わず》かに肩《かた》をすくませた。

淡々と作業をする彼に、オスカーは少しだけ不服そうな声を出す。

「だとしても、手紙を処分していたことは怒《おこ》っているんだからな」

「別に怒られても構いませんよ。ちゃんと読んで私的な内容以外は両親に伝えていましたし、問題はないでしょう？」

　問題はない。たしかに問題はないが、だからこそそのせいで、オスカーは自分の手紙がセシリアの手に渡《わた》らず、処分されているということに気がつくのが遅《おく》れてしまった。

「お前は、俺が怒るとは考えなかったのか……」

「怒ったとしてなんなんですか。貴方《あなた》がそのことで俺を罰《ばっ》するとでも？　私的な手紙を通さなかっただけで？」

「そ、それは……」

「俺は昔から、貴方のそういうお人好《ひとよ》しで、多少潔癖《けっぺき》なところを信頼《しんらい》していますよ。貴方は自身の権力を自分のために使うような人じゃないでしょう？」

　いけしゃあしゃあとそう言ってのけるギルバートに、オスカーは口角を下げる。

「お前みたいなのを腹黒と言うんだろうな……」

「こんなのは腹黒ではなく、ただの状況《じょうきょう》判断です。それと、潔癖も大概《たいがい》にしといたほうがいいと思いますよ？　潔癖なままで国を動かされては、こちらも困りますから」

「お前なぁ……」

　誰《だれ》のせいでセシリアとの思い出がないと思っているんだ！　と言いたくなったが、仮にもしオスカーの手紙がセシリアに届いていたとして、どちらにせよ彼女はオスカーの『会いたい』という申し出を断っていただろう。だって彼女は、オスカーと会うのを怖《こわ》がっていたのだ。どこの誰かもわからない、ゲームの中とやらの自分のせいで……

（でもそうか……）

そこでオスカーは何かに思い至り、こちらに背を向けるギルバートを振り返った。

「お前は、セシリアが自分で断りの手紙を書かなくてもいいようにしていたんだな」

「は……？」

もしギルバートが素直に手紙を渡していたら、心優《やさ》しい彼女はオスカーの申し入れを断ることに申し訳なさを感じてしまっていただろう。セシリアはギルバートのように、どうせ罰せられることはないと手紙を無視することはできなかっただろうし、断りの手紙を書くのにも大変な精神力を消費してしまっていたに違いない。

「もし仮に、俺が申し出を断られたからと怒るような性格でも、これならセシリアに罰は行かないだろうからな。……お前は優しいな」

「貴方のそういうところが、本当に嫌いです」

否定《こうてい》も肯定もしないその言葉に、オスカーは吐《は》き出すように笑った。

「で、着替《きが》えは終わったんですが、これは持って行ったほうがいいんですかね」

ギルバートがそう面倒臭《めんどうくさ》そうに吐いたのは、二人とも着替えを終えた直後だった。彼の視線の先には山のように膨《ふく》らんだ二着のドレスと、絵を描《か》くのに使おうと思っていたのだろう、箱の中に入った数多くの小物たちがあった。

「さすがに女性一人に運ばせる量ではないな」

「まぁ、運ばせてもいいかなって一瞬よぎりましたけどね」

持ってくるのは彼女一人でこなしたのだから、きっと運べない量ではないのだろうが、だとしてもこのままここに置いていくのは良心が咎《とが》める。

「リーンはどうするつもりなんだろうな……」

「素直に帰ったところから考えて、今日ではなく明日の空いた時間にでも片付けるつもりなんじゃないですか？」

「それなら、その時に手伝えばいいな。とりあえず邪魔《じゃま》にならないように、端《はし》にまとめておくか」

そう言ってオスカーが机の上に載《の》っていたドレスを持ち上げた瞬間、ギルバートの足が滑《すべ》った。どうやらドレスの端を踏《ふ》んでいたようで、持ち上げた時に足を取られてしまったらしい。

「――っ！」

「おい！」

引っ張られたドレスがオスカーの手から離《はな》れてふわりと舞《ま》う。それを拾おうと手を伸《の》ばしたオスカーもバランスを崩《くず》し、よろけたギルバートを壁《かべ》に押し付けた。

そして──

「二人ともごめん、入るよ！　忘れ物、取りに来ちゃっ……」

その言葉と共に開いた教室の扉《とびら》。

「え？」

「あ」

「……」

壁に手を置いたオスカーに、頰《ほお》を引き攣《つ》らせるギルバート。

そんな二人の視線の先には、目の前の光景を見て固まるセシリアがいた。

一拍《いっぱく》の間をおいて状況を飲み込んだ彼女は、かあぁっ、と頰を赤く染め上げた。

「な、なんかごめん！」

オスカーがギルバートを壁ドンしているという状況に、セシリアは入り口付近に置いていた自分の鞄《かばん》を引っ摑《つか》むと、そのまま踵《きびす》を返した。

「お、お邪魔しました！」

「ちょ、ちょっと待て！　違《ちが》うんだこれは！　言い訳をさせてくれ!!」

まるで浮気《うわき》が見つかった男性のような狼狽え方で、オスカーは彼女の背中に声をかける。しかし、セシリアはその声に止まることはなく、そのまま逃《に》げていってしまった。

教室から消えたセシリアに、オスカーは落ち込んだような声を出す。

「なんで……」

「……オスカー」

正面から聞こえてきた声に「ん？」と視線を戻《もど》せば、鬼《おに》と目が合った。

「どけ」

瞬間、喉《のど》がひゅっと嫌《いや》な音を立てた。


「なんかびっくりするもの見ちゃったな……」

旧校舎から飛び出したセシリアは、鞄を抱《かか》えたままそうこぼした。

まさか二人はそういう関係……とは全く思わないし、あれは単なる事故なのだろうと予想はしているが、それでもなんだかちょっと恥《は》ずかしいものを見てしまった感は拭《ぬぐ》えない。

（リーンに見つかっていたら、二人とも大変だったな……）

リーンの食指が動くかわからないが、あんなものを見てスルーできるほど彼女のセンサーは甘くない。一歩間違えば薄《うす》い本ならぬ厚い本が量産されていただろう事態に、セシリアは苦笑いを浮かべた。

「二人とも絵になるからなぁ」

そんなふうに旧校舎を見上げながらこぼした時だ。

「あ、こんなところにいた！　セシル！」

声が飛んできた方を見れば、ジェイドがこちらに走ってくるのが見てとれた。

彼はセシリアの前で足を止めると膝《ひざ》に手を突《つ》き、肩で息をする。

そのいつになく慌《あわ》てた彼の様子に、セシリアは驚《おどろ》いたような声を出した。

「ジェイド！　どうしたの？」

「あのね。えっと、先生たちがセシルのことを捜《さが》していて……」

「え、なんで？　俺なんかしたかな？」

心当たりが全くないとまでは言わないが、そんなふうにジェイドが必死になって捜すようなことは何もしていないはずだ。

セシリアが目を瞬《しばた》かせていると、ジェイドは驚くべき言葉を吐いた。

「なんか国王様が『セシルに会いたい』って訪ねてきたみたいで……」

「国王様が!?」

セシリアは頬を引き攣らせた。

どうやら、彼女にはまだ安息の時間は訪《おとず》れないらしい。

「本当に男の格好をして学院に通っておるのだな、セシリアよ」

「申し訳ございません、陛下……」

セシリアが青い顔でそう言って頭を下げたのは、学院内のサロンだった。

以前オスカーに呼び出されたのと同じ場所で、彼女はこの国の王と対峙《たいじ》する。

サロンの入り口には兵が配備されているが、中にはセシリアと国王の二人だけしかおらず、彼女は居た堪《たま》れなさに視線を下げたまま、国王の座るソファの正面に腰《こし》掛《か》けていた。

もちろん、セシルの姿のままである。

「頭を下げなくてもいい。許可を出したのは私だ。バレないように過ごすのなら、もう何も言わんよ。ルシンダにもああ言われたしな。……まぁ、頭は痛いが」

「ご心配をおかけしてしまい、申し訳ありません」

セシリアはもう一度頭を下げる。ちなみに、ルシンダというのはセシリアの母親である。娘《むすめ》と息子《むすこ》のことが大好きで、家族のためなら国王にさえも平気で意見をする、稀代《きだい》のモンスターペアレント（善）だ。まぁ、彼女が甘やかしすぎるせいで、ゲームの中のセシリアは悪女に育ってしまうわけなのだが……

どことなくオスカーに似た国王が眉間《みけん》の皺《しわ》を揉《も》む。

「まぁいい。過ぎたことを言っても仕方がないからな。で、本題なのだが。実は先日、ノルトラッハからこんなものが届いた」

国王はセシリアの前に一枚の手紙を滑らせた。

「これは？」

「招待状だ。……セシル・アドミナ宛《あて》のな」

その言葉にセシリアは「え？」と呆《ほう》けたような声を出した。

慌てて手紙を手にとり、差出人を確かめると『ローラン・サランジェ』と書いてあった。サランジェというのは、ノルトラッハを治めている王族の名である。

国王はセシリアの持つ手紙の差出人を指さした。

「彼はノルトラッハの第四王子だ。つまり、ジャニス王子の弟だな。理由は知らないが、客人として『セシル』を国に招待したいらしい」

「『セシル』を……？」

セシリアに招待が来るのならばまだわかる。彼女はこの国の上位貴族の令嬢《れいじょう》で、オスカーの婚約者《こんやく》なのだ。国同士の繋《つな》がりを深めたいとか、腹の探《さぐ》り合いをしたいとか、何かパイプを作っておきたいとか、セシリアを招待するのならばそういう理由がつくのだが、『セシル』では何も理由がつかない。

「彼――ローラン王子は、ジャニス王子がしたことを知っているんですか？　だから、『セシル』に？」

それならば、セシルを呼び出す理由にも何かしらの説明がつくと思ったのだが、国王は緩《ゆる》く首を振《ふ》った。

「いいや。まだどちら側でも調査が終わってないことだからな。本当に一部の者しか知らないはずだ。兄弟たちにも『失踪《しっそう》した』としか伝えていないと言っておったが……」

ノルトラッハの国王とも話をしたのだろう、彼はそう言って顎《あご》を撫《な》でた。

しかし、そうなってくると、ますます意味がわからない。セシルのことをどこで知ったのか。知ったとして、どうして招待するという話になるのか。手紙には『招待したい』という旨《むね》だけが書いてあって、理由を窺《うかが》い知ることはできない。できるのは根拠《こんきょ》のない想像ぐらいだ。

セシリアが一人で頭を悩《なや》ませていると、国王は声のトーンを僅かに落とした。

「ノルトラッハは、ジャニス王子の行方《ゆくえ》を調べるのに協力的だ。しかし、だからといって、完全にこちら側というわけではない。捜していると見せかけてジャニス王子を匿《かくま》っている可能性はもちろんある」

「つまり、これは罠《わな》だと？」

「さすがにそこまでは言い切れんがな。ジャニス王子がローラン王子の名を騙《かた》り、そなたを呼び出して害そうと思っている……ぐらいは、容易に想像ができる状況《じょうきょう》だとは思う」

そこまで言い切り、国王は背中を深く背もたれに埋《うず》めた。

話の概要《がいよう》は言い切ったということだろう。

セシリアは背筋を伸《の》ばしたまま少し考えて、口を開く。

「国王様はこの手紙をどのようにお考えですか？」

「正直なことを言うのなら、またとないチャンスだと思っている。結構な人数を費《つい》やしてもジャニス王子の行方は知れないからな。ノルトラッハが匿っているという可能性もやはり捨てきれない」

「つまり国王様は、私にジャニス王子を捜してこいと？」

「そうだな、できればそうしてくれるとありがたい。もちろん無理にとは言わないが……」

申し訳なさそうな国王の顔に、セシリアの顔に笑《え》みが浮《う》かぶ。

『障《さわ》り』を自在に操《あやつ》れるジャニスは選定の儀《ぎ》が終わる三月末まで、この国にとっては爆弾《ばくだん》のような存在だ。国家を転覆《てんぷく》させかねない、危険な存在。その危険人物の情報は、いま何よりも優先されるものだ。

だから、彼の立場からすれば、本当はセシリアに命令するべきなのだ。

『ノルトラッハに行って、情報を集めてこい。ジャニス王子が匿われているようならそれを報告しろ』

と。

だけど彼はそれをしない。それどころか、きちんと危険性まで伝えて選択肢《せんたくし》を与《あた》えてくれている。そんな彼の姿勢に好感が持てたのだ。

(なんかこういうところはオスカーのお父さんって感じがするわよね)

それに、届いた招待状を無下にできないというのもあるのだろう。

これがもし、セシリアに届いた手紙ならば、公爵《こうしやく》令嬢という立場を利用して穏便《おんびん》に断ることもできるだろうが、セシルの立場は男爵子息だ。断るにしてもそれ相応の理由がいるし、男爵子息如《ごと》きが王家からの呼び出しを断るそれ相応の理由というのもなかなか作れない。

「どうする？　行くと言うのならば、こちらも護衛は十全につけよう。もちろん、女性の使用人もつける予定だ。男性ばかりの中で行くのは何かと不安だろう？」

「お気遣《きづか》い痛み入ります」

国王にここまで言われたら、もう断れない。

(それに――)

セシリアの脳裏《のうり》に一人の女性が浮かぶ。

(もしかしたら、エルザさん――マルグリットも、見つかるかもしれないものね)

マルグリットというのは今代の神子《みこ》で、今はジャニスと一緒《いっしょ》に逃亡《とうぼう》している人物だ。

(元気にしているかな……)

マルグリットがジャニスと一緒に消えたあの事件の後から、ずっともう一度会いたいと願っていた。出会い方が違《ちが》えば仲良くなれたかもしれないのに、心を通わせることができたかもしれないのに。

それだけがずっと心残りだったのだ。

セシリアは深々と頭を下げる。

「ノルトラッハ訪問の件、謹《つつし》んでお受けいたします」

その言葉に国王は、さらに申し訳なさそうな顔で「すまんな」と一言だけ謝った。

第二章 二人っきりの旅行

突然《とつぜん》訪ねてきた国王に、ノルトラッハから届いた招待状。罠かもしれない一人旅を頼《たの》まれて、緊張《きんちょう》した面持《おもも》ちで国を発《た》つ当日を迎《むか》えたセシリアだったが――

「まさかオスカーも一緒だったとはね！」

「俺も、まさかお前が一緒だとは思わなかったぞ……」

安心しきった表情を浮かべるセシリアと、困惑《こんわく》したような表情を浮かべるオスカー。二人は同じ馬車の中にいた。学院から出発する馬車に乗り込んでいるので、セシリアの格好は男の姿――セシルのものである。

どうやらノルトラッハから招待状が届いたのはセシリア一人ではなかったらしい。しかも、二人がそのことを知ったのはなんと当日で、馬車に乗り込んでからだった。

「全く、それならそうと国王様も言ってくれればいいのにね。心配して損したよー」

「父上はよく重要なことを言い忘れるからな……」

それはそれでどうかと思うのだが、敵国かもしれない隣国《りんごく》に一人調査しに行くという最悪の事態が避《さ》けられたセシリアは終始笑顔で、どこか心配そうな表情を浮かべるオスカーとは随分対照的だった。

　そんな彼らは背もたれに深く身体《からだ》を埋めたまま会話をする。

「でも、一人じゃないってだけで安心したよ。正直、ちょっと怖《こわ》かったしさ」

「まぁ、向かうのは味方だとは言い切れない国だからな。……しかし、そんなところへ行くのを、よくギルバートが許してくれたな」

「あ。ギルには内緒《ないしょ》にしているんだ。絶対、反対されるからね」

　あの過保護な義弟《おとうと》は、セシリアが一人で行動することも危険なことをするのも良しとしない。セシリアが一人でノルトラッハに行くなんて、絶対に止めにくるに決まっているし、彼女が止まらないとなれば国王にでもなんでも直談判《じかだんぱん》しに行くだろう。

「私がやるって決めたことだからさ、ギルに迷惑《めいわく》かけてもいけないじゃない？　ギルの立場を悪くしたいわけじゃないしさー」

　ノルトラッハへの訪問は決して命令ではなかったが、それに近いニュアンスはあった。国王がわざわざ出向いて頭を下げてきたのだ。それを無下に断ることができる人間はそういないだろう。また断ったことが知られれば、社交界から白い目で見られることは明白だった。

　だからもし、ギルバートが国王に直談判に行っていた場合、彼の立場は悪くなっていた可能性があるし、国王からの覚えもあまりいいものではなくなってしまうだろう。

「でもま、オスカーと二人だってわかっていれば言ってたけどね。ギルだって、私が一人で行くよりは安心しただろうし！」

「それはそれで、別の意味で止められたと思うぞ？」

「別の意味で？」

「別の意味で」

　どういう意味で止められるのかわからないセシリアは首を傾《かし》げるが、オスカーはその疑問には答えず「わからないならいい」と話を切り上げた。

　窓の外を向いたオスカーの耳がほんのりと赤い。その理由もわからなくて、セシリアはさらに首を捻《ひね》った。

「しかしまぁ、お前もなんだかんだ言って、随分《ずいぶん》と過保護だよな。ギルバートに」

「そうかな？」

「自分が危険な目に遭《あ》うかもしれない事態とアイツの立場を天秤《てんびん》にかけて、ギルバートが勝つんだから、そういうことだろう？」

「そう、なのかな？　自分ではよくわからないや」

　へへへ、とセシリアははにかんだ。

「なんていうか、ギルは『守ってあげなくっちゃ！』って思うんだよね！　実際は守られてばっかりなのが情けないんだけどさ」

「そうか。いい関係だな」

そう言う彼の声色《こわいろ》には、困ったような、それでいて寂《さび》しそうな音が含《ふく》まれていた。

セシリアは顔を上げて、そんな彼にぐっと身を寄せる。そして、いつものごとく元気な笑《え》みを見せた。

「大丈夫《だいじょうぶ》だよ！　オスカーは、なんというか『一緒に戦おう！』って感じがするから！」

「それは、いいことなのか？」

「いいんじゃないかな？」

「まぁ、いいということにしとくか」

はっと吐《は》き出すようにしてオスカーが笑う。つられるようにセシリアも笑みをこぼした。

「これから二週間、よろしくね。オスカー！」

「あぁ、よろしく頼む」

セシリアが右手を差し出すと、少しだけ困ったような顔で彼はセシリアの手を取るのだった。

（どうしてこうなった……）

セシリアとの二人旅が決まった瞬間《しゅんかん》のオスカーの感想がそれだった。

数日前、ノルトラッハから届いた招待状。行くかどうかを国王に問われ、考える間も無く

『行かせていただきます』と返事をした。国がジャニスの行方《ゆくえ》を摑《つか》むのに難渋《なんじゅう》している事実も知っていたし、国王やそのほかの重鎮《じゅうちん》がノルトラッハを怪《あや》しいと思っている事実も知っていたからだ。

自分が行くことでいろいろとはっきりすることがあるのならば、多少危険でも敵国かもしれない隣国に行こう。

訪問することが決まった直後のオスカーはそう覚悟《かくご》を決めていたし、彼女が馬車に乗り込んでくるまでは、自分の身を擲《なげう》つ、ぐらいの心持ちでいた。なのに……

(なんだか一気に緊張感が薄《うす》れてきたな)

オスカーは目の前で楽しそうな表情を浮《う》かべるセシリアを眺《なが》めた。『一人で行くのが怖かった』と言っていたぐらいだから、ノルトラッハに行く危険性は理解しているのだろうが、だとしてもこののほほん面である。

もちろん、自分のこと以上にセシリアのことは守らないといけないと思っているし、そういう意味で、この旅の難易度が上がってしまったことはわかっているのだが……

「ねぇねぇオスカー、見て見て！　すっごく綺麗《きれい》な湖だよ！　私、あんなの初めて見た！」

「そうだな、綺麗だな……」

こんな能天気な表情を浮かべる人物を目の前にして、馬車に乗る前と同じ緊張感を保っていられるほど、オスカーは自分を律しきれていないし、自分の気持ちに無自覚でもない。

一応、今もまだ緊張はしているが、なんだかその緊張が別の緊張へとすり替《か》わった気がしないでもなかった。

（というか、これから二週間ずっと一緒《いっしょ》とか、どうすればいいんだ？）

オスカーは赤らんでしまっただろう顔を片手で隠《かく》し、窓の外を見た。

嬉《うれ》しいか嬉しくないかで言えばもちろん嬉しい。嬉しいのだが、事態が事態なだけにそっちの方にばかり思考を回してもいられないのが正直なところだ。だからと言って、この状況《じょうきょう》を無視するというのも難しいわけで……

（まぁ、一緒なのは馬車の中ぐらいだし、いつも通り過ごせば問題ないよな。さすがに部屋は別々だろうし……）

瞬間、在りし日の林間学校での様子が頭を掠《かす》めた。

同じ部屋になった、セシリアとオスカー。彼女が不審《ふしん》人物を目撃《もくげき》して眠《ねむ》れなくなり、それを不憫《ふびん》に思ったオスカーが彼女をベッドに誘《さそ》って――

パァァァァァァァアン!!

オスカーは勢いよく自分の右頬《みぎほお》を叩《たた》く。こうでもしないと、その時の感情や感触《かんしょく》などを思い出してしまいそうだったのだ。あの時のオスカーはまだセシルのことを男性だと本気で思っていたし、ましてやセシリアだとは思いも寄らなかったわけなのだが、だとしても随分と大胆《だいたん》なことをしたと思う。全《すべ》てを知った今では、到底《とうてい》考えられない。

いきなり自分の頬を叩いたオスカーにびっくりしたのだろう。セシリアは大きく目を見開き、オスカーを覗《のぞ》き込んでくる。

「だ、大丈夫？　オスカー、どうかしたの？」

「問題ない。ちょっと虫がいてな……」

「虫？」

「あぁ、虫だ」

そんな誤魔化《ごまか》しにセシリアは「冬なのに元気な虫もいるんだね！」とどこまでも能天気な感想を漏《も》らした。そんな彼女を見ていると、悩《なや》んでいる自分が段々と馬鹿《ばか》らしくなってくる。

（もうこうなったら、思い出づくりと思えばいいか……）

ずっとそういう時間が欲しいと思っていたのだ。自分の知らないセシリアを知っているギルバートのことをずっと羨《うらや》ましいと思っていたし、そのことを本人にだって言ったこともある。

今までまともに二人っきりになる事なんてあんまりなかったのだし、考えてみればこれはいい機会だろう。

（それに、俺だけが緊張《きんちょう》していてもしょうがないしな）

男と旅行だというのにこの能天気っぷりだ。きっとセシリアはオスカーのことを男だと思っていない。もしかして……があるだなんて小指の先ほども思っていないのだろう。目の前に座っているのが婚約《こんやく》者だということも忘れているのかもしれない。

なら、こっちが緊張してやる筋合いもない。ポジティブに考えるのなら距離《きょり》を置かれなくて都合がいいぐらいだ。

（しかし、思い出づくりとは、具体的に何をすればいいんだ？）

とりあえず会話でもしてみるかと、オスカーは窓の外を眺めるセシリアに声をかけた。

「セシリア」

「え!! な、なに!?」

「何に驚《おどろ》いているんだ？」

過剰《かじょう》な反応をしたセシリアに目を瞬《しばたた》かせながらそう問えば、彼女は困ったように笑いながら頬を掻《か》く。

「いやぁ、なんというかさ。オスカーから『セシリア』って呼びかけられたから、ちょっとびっくりしちゃって」

「……もしかして、嫌《いや》だったか？」

「嫌じゃないよ！ ぜんぜん！ 私が驚いちゃったのは、ほら、『オスカーも知ってるんだなぁ』って改めて認識《にんしき》したからというか……」

確かに、洞窟《どうくつ》の一件以来、オスカーは彼女のことを『セシリア』とは呼んでいなかった。どこで誰《だれ》が聞いているかわからないから、いつも通り『セシル』と呼んでいたし、それで何も問題はなかった。

オスカーの『セシリア』呼びにあまり慣れていないのだろう。彼女は照れたような笑みを浮かべた。

「なんか、隠さなくてもいいっていうのは楽だね。あんなに隠していたけど、オスカーがそう呼んでくれてなんだか嬉しいよ！」

「セシリア……」

なんだかちょっと感動したような声が出てしまう。セシルの正体を知ってからこっち、常に蚊帳《かや》の外にいる気分になっていたし、不貞腐《ふてくさ》れてもいたりしたが、それが少し報《むく》われた気分だった。

その時だった。大きな石でもあったのだろう、馬車が大きくガタンと揺《ゆ》れた。

「わわっ！」

瞬間、セシリアは前のめりになり、座面からずり落ちそうになる。それをオスカーは咄嗟《とっさ》に支えた。両肩《りょうかた》を持つような形で支えたので、顔の距離が一気に近くなり、額同士が僅《わず》かに触《ふ》れ合う。

「――っ！」

目の前いっぱいに広がった彼女の青い瞳《ひとみ》に、オスカーは弾《はじ》かれるように距離を取った。そして、自身を落ち着かせるように咳払《せきばら》いをする。

もちろんセシリアの顔は見られない。

「だ、大丈夫《だいじょうぶ》か？」

「あ、うん！」

（落ち着け。こいつはなんとも思ってないんだ。俺だけが緊張しても仕方がないと、さっき思ったばかりだろう！）

あと数センチでキスでもしてしまうかのような距離だった。

正面の彼女にバレないように深呼吸をして、オスカーは顔色を元に戻《もど》す。そして、彼は改めてセシリアを見据《みす》えた。

しかし、そのすました顔も長くは続かなかった。

「ありがとう。オスカー」

「……なんで、お前まで赤くなってるんだ」

「あはは。なんでだろ」

少し赤らんだ彼女の顔色が移ったように、オスカーの頬もまたじんわりと赤く染まるのだった。


異変があったのは、それから二日後のことだった。

「えっと、これはどういうことだ？」

大きく目を見開くセシリアに背を向けた状態で、オスカーはそう困惑《こんわく》したような声を出した。彼の前には、警備の陣頭《じんとう》指揮をとっている壮年《そうねん》の騎士《きし》がいる。

そこは国境付近の町にある貴族や王族が泊《と》まるような宿屋の一室。セシリアを背にしたオスカーは、片手で頭を抱《かか》えながら目の前の相手にどうしてこんなことになったのかの説明を求めていた。

壮年の騎士はオスカーの怪訝《けげん》な表情にまったく怯《ひる》むことなく、「ですから……」と、先ほどから何度も繰《く》り返している説明を始める。

「殿下《でんか》。ご存じだとは思いますが、この町は二つの国と隣接《りんせつ》しています」

「あぁ、そうだな。それは知っている」

「他《ほか》の町よりも外敵が侵入《しんにゅう》する危険が高く、警備に関しても厳重にせざるを得ません」

「そうだな、それもわかっている」

「ですから、警備の面から考えてセシリア様と同じ部屋にお泊まりいただければ幸いなのですが……」

「だから、どうしてそうなるんだ！」

普段《ふだん》あまり荒《あら》げることのない声を、オスカーはそう荒らげる。イライラしたように頭を掻けば、「そう言われましても」と騎士は全く悪びれることなく言葉を続けた。

「去年ここを訪《おとず》れた時も、同じように対応させていただいた気がしますが……」

「あれは相手が弟だったからだろう⁉　セシリアは女性なんだから、そこは対応が違《ちが》って当たり前だろうが！」

「しかし、部屋は広いので問題はないかと」

「広さの話をしているんじゃない！　第一、なにかあったらどうするつもりなんだ！」

「殿下が？　なにか？」

するほどの度胸があるのかと暗に問われ、オスカーのこめかみに青筋が立つ。

「お前、俺を馬鹿にしているだろう？」

「しておりませんよ。殿下ほど誠実な方はいないと尊敬しているぐらいです」

「それを馬鹿にしていると言わずになんと言うんだ！」

きっと、いつものやりとりなのだろう。気の置けない二人のやりとりにセシリアは苦笑いをこぼした。

初日と違ってセシリアは女性の姿だった。今回一緒《いっしょ》に行くメンバーは、当然セシリアが男装していることは知っているので、道中まで隠《かく》す必要はないという話になり、本来の姿で移動しているのだ。もちろんノルトラッハの王宮に出向くときはまた男装に戻るつもりである。

セシリアを背後に置いて、オスカーはさらに声を大きくする。

「大体、なんでこんないつもいつも急なんだ！　セシリアに関してもそうだ。お前らは知ってたのに、俺に黙《だま》っていただろう！」

「いえ、それは単純にご存じなのだと思っていました。表情がこわばっていたのも、そんなに楽しみなのかとみんなで噂《うわさ》していたぐらいで……」

「お前たち、そんなことを噂していたのか……」

驚愕《きょうがく》に目を見開くオスカーに「はい」と騎士は事もなげに頷《うなず》いた。

「それにまぁ、セシリア様は殿下の婚約《こんやく》者ですし、何か間違いがあっても、それはそれでいいのでは？」

「いいわけ――」

「オスカー」

いつまで経《た》っても終わらないやりとりに、セシリアはオスカーを止めた。

諫《いさ》められて冷静になったのか、彼は前のめりになっていた身体《からだ》を元の位置に戻し、「はぁ……」と眉間《みけん》の皺《しわ》を揉《も》む。

「すまない。これはこっちの不手際《ふてぎわ》だ」

「いいよ。もう今回はしょうがないからさ、一緒の部屋にしよ」

「は？」

「なんだかほら、もう決定事項《じこう》みたいだし。そのほうが警備の人が助かるなら、仕方ないんじゃない？」

自分達は守ってもらう側だ。それなら多少不便かもしれないが、守る側が守りやすい方を選ぶべきだろう。そう思いセシリアはその言葉を口にしたのだが、オスカーは未《いま》だ不満があるようで「そうは言うが、お前……」と眉間の皺を深めた。

「それに、ほら。私たち初めてじゃないんだし！」

「なっ！　お前――」

「え？」

赤くなるオスカーに、意外そうな声を出す騎士。

セシリアとしては『林間学校の時も同じ部屋になったことがある』という意味で『初めてじゃない』と言ったのだが、目の前の男はどうやら別の意味に取ったらしく、驚《おどろ》いたような顔で顎《あご》を撫《な》でた。

「意外にやりますね、殿下……」

「ち、違うぞ！　さっきの言葉はそういう意味じゃなくてだな――」

「はいはい。わかっていますよ。国王様には内緒《ないしょ》ですね」

「ぜんぜんわかってないし、勘違《かんちが》いしてるだろうが！」

オスカーはそう怒鳴《どな》るが、セシリアの了承《りょうしょう》を得た騎士はもう話し合う必要はないだろうと踵《きびす》を返す。そんな彼をオスカーは「おい、ちょっと――！」と引き留めたのだが、騎士は「それではごゆっくり」と二人を部屋に残し、出て行ってしまった。

騎士の背中を見送り、オスカーは扉《とびら》の前で頭を抱えながら大きくため息をつく。

「なんでこう……」

「オスカー、もしかして私と一緒の部屋、嫌《いや》だった？」

「いや、そういうわけじゃなくてだな！」

そのままオスカーはモゴモゴと口を動かすが、結局何も言葉にせず「はあぁぁ」と今日何度目かわからないため息をついた。

「もう、本当に知らないからな……」

オスカーはセシリアに聞こえるか聞こえないかぐらいの小さな声で唸《うな》るようにそう言った。

同じ部屋といっても、それからの行動は前日と特に変わらなかった。宿に着いたときにはもう夕方だったし、食事は部屋ではなく小食堂で済ませたので、そもそも部屋にほとんどいなかったからだ。

しかし、夜はそうもいかない。なぜなら、寝《ね》るのはもちろん部屋の中だからだ。

「えっと、同じベッドなんだね……」

湯浴《ゆあ》みを終え、いつでも眠《ねむ》れるような格好になったセシリアは、目の前に広がる光景にそうこぼした。

彼女の目の前にあるのはキングサイズのベッド。その大きさだと、数は当然一つだ。

後ろにいるオスカーは、最初の段階でベッドが一つしかないことにもう気づいていたらしく、特に驚きもしなかったが、終始顔色は悪かった。

「今からでも別の部屋に変えてもらうか？」

「う、ううん！　大丈夫《だいじょうぶ》だよ。ベッド広いから、端《はし》と端に寝ればいいだけだし！」

「……本気で言ってるのか？」

「うん！」

「はあぁぁぁぁ……」

セシリアが意気込むように拳《こぶし》を握《にぎ》ると、オスカーはこれ以上ない盛大なため息をつく。

彼女だってオスカーと一緒に寝てまったく平気というわけではない。彼の気持ちを知る前ならいざ知らず、もうさすがに意識しないというのは無理な話だし、恥《は》ずかしい。けれど、『一緒に寝る』ともう言ってしまった手前、今更《いまさら》別に部屋を用意してもらうのは気が引けた。それに、一度一緒に寝たことがあるのだから大丈夫だろうという思い込みが彼女にそんなことを言わせていた。

「オスカー、もう寝ようか！　明日《あした》も早いし！」

「お前な……」

半ばヤケを起こしたようなセシリアに、オスカーは低い声を出す。無理をしているのが見え見えだったからだろう。しかし、セシリアがそのままベッドに入ると、オスカーも観念したように彼女の反対側からベッドに入った。

サイドテーブルに置いてあるランプを消すと、あたりは静寂《せいじゃく》と暗闇《くらやみ》に包まれる。

見た目通りにベッドは広く、それぞれ端に寄っていれば身体が触《ふ》れ合うこともない。しかし、身体にかかっている布団《ふとん》は一枚だけ。身体は触れ合わなくても、否応《いやおう》なく相手の存在を感じてしまう。

(やっぱり、無茶しちゃったかな……)

セシリアはオスカーに背中を向けたまま、いつもより緊張《きんちょう》した面持《おもも》ちで小さく息を吐《は》き出す。

これではちょっと眠れる気がしない。布団に入ってもう十分近く経っているが、眠気はちっともやってこないし、むしろ目は冴《さ》えてくる一方だ。

(どうしよう。やっぱり別に部屋を用意してもらったほうがよかったかな……)

そんな後悔《こうかい》が頭を掠《かす》めた時だった。

「大丈夫か?」

背中の方からオスカーの声がした。その声に振《ふ》り返れば、いつもと変わらない様子の彼が呆《あき》れたような顔でこちらを見ている。

「眠れないのか?」

「あ、えっと。明日からノルトラッハに入るから緊張しちゃって……」

オスカーを意識して眠れない……と本人に言うのは少し気が引けて、そう無理やり理由を作ると、オスカーは納得《なっとく》したのかどうなのかよくわからない声で「そうか」と頷いた。

「まぁ、緊張してしまうのは仕方がないかもしれないが、あまり心配しすぎなくていい。あんなんだが、うちの騎士《きし》たちは優秀《ゆうしゅう》だし、俺もいる。お前が傷つくようなことは何も起こらない」

「あんなんって」

あまりの言いようにセシリアが思わず笑うと、彼は面白くなさそうに唇《くちびる》を尖《とが》らせた。

「あいつらは昔っから俺をおちょくって楽しむ節があるんだ。このベッドだってきっとあいつらの仕業《しわざ》だぞ？　こんな状況《じょうきょう》に置かれても俺はお前に何もしないと高を括《くく》っているんだ……」

「オスカー、好かれてるんだね」

「こういうのは、『好かれてる』と言うんじゃない。『威厳《いげん》がない』と言うんだ」

面白くなさそうな彼に、セシリアは「ほら、オスカー人がいいし、あまり怒《おこ》らないからさ」とフォローを入れる。しかし、それがまた気に食わなかったようで、彼の眉間の皺が一本増えた。

セシリアは、先ほどよりも柔《やわ》らかくなった声を出す。

「そういえばさー、前にもこういうことあったよね」

「林間学校の時か？」

「そうそう！」

そう明るい声を出した後、セシリアは瞳《ひとみ》を閉じる。

「やっぱりオスカーの声って安心するよねー。さっきまで緊張してたのに、なんだかちょっと眠たくなってきちゃったもん！」

そう言って目を擦《こす》ると、オスカーが僅かに息を吐き出した。

その様子は、なんだか怒っているようで……

「それなら、こっちにくるか？」

「へ？」

「あの時と一緒《いっしょ》なら、もう少しこっちにきて一緒に寝るか？」

「そ、それは……」

確かに林間学校の時は、身体《からだ》をくっつけるようにして眠りについたが、今とあの時とでは状況が違《ちが》う。関係が違う。セシリアはセシリアだし、オスカーはオスカーだ。

「えっと、あのね……」

途端《とたん》に硬《かた》くなったセシリアの声に、オスカーの声は更《さら》に低くなる。

「ただし。こっちにきて、変なことをしないという保証はないぞ？」

「変なこと？」

「変なこと」

含《ふく》みを持たせた言い方に、セシリアの頬《ほお》が熱くなる。さすがにこの状況で「変なことってどんなこと？」とはならない。そこまで初心《うぶ》になりきれない。

　オスカーの方を見ると、彼はじっとりとした目でセシリアのことを見つめていた。彼の口元は不機嫌《ふきげん》そうにへの字に曲げられている。

「オスカー、……もしかして怒ってる？」

「むしろ、なんで怒らないと思ってるんだ。あいつらに言われるならまだしも、お前に『一緒の部屋でいい』とか『同じベッドでもいい』とか言われたら、こっちだって気分が悪くなるに決まってる。……誰《だれ》のために気を遣《つか》っていると思っているんだ」

「それは、スミマセン……」

　あまり見ないオスカーの怒った顔に、セシリアがそう硬い声を出すと、彼は手を伸《の》ばし二人の間のマットレスをトントンと指先で叩《たた》いた。

「いいか。ここよりこちらには入ってくるなよ。入ってきたら、身の安全は保証できないからな」

「身の安全……」

「わかったな？」

　セシリアはその脅《おど》しに「はい」と神妙《しんみょう》な面持ちで大きく頷《うなず》くのだった。

セシリアたち一行がノルトラッハの王宮に着いたのは、それから三日後の話だった。

大陸の北の端にある彼《か》の国は、プロスペレ王国よりも気温が低く、故郷ではまず着たことがないようなもこもこの冬衣装を着て、二人は馬車から降りた。

ノルトラッハの首都と王宮は、国の中でも比較的《ひかくてき》南の過ごしやすい土地に置かれているのだが、吹《ふ》きすさぶ風に肌《はだ》を晒《さら》せば寒いというよりは痛いという感覚が襲《おそ》ってくるし、吐く息は常に白かった。そんな日々が常だからか、ノルトラッハの建物は気密性が高く、建物の中に入ってしまえば、プロスペレ王国と変わらないぐらいに快適だった。

「お初にお目にかかります。私がローラン・サランジェです。オスカー殿下《でんか》、セシル様、この度《たび》は我が国においでくださり、ありがとうございます！」

仰々《ぎょうぎょう》しい軍楽隊を左右に並べ、人のいい笑《え》みで二人を出迎《でむか》えてくれたのは、ローラン・サランジェ。ジャニスの異母兄弟であり、この国の第四王子だ。

ジャニスと同じアメジスト色の瞳に、鳶色《とびいろ》の髪《かみ》の毛。年齢《ねんれい》は、確かオスカーとセシリアの一つ下だったはずだ。ギルバートやアインとツヴァイと同じ年齢である。身長はあまり高くなく小柄《こがら》。笑った時の顔などは、たしかにジャニスとよく似ていたが、彼の微笑《ほほえ》みに裏などはなさ

そうで、どこからどう見てもただの好青年といった感じの様相を呈《てい》していた。

話す様子も『しっかり』ではなく『おっとり』という感じで、出会ったばかりのローランに、セシリアは大変好感を持ったのだが……


（これは、どうしたらいいのかな……）


セシリアは目の前の光景を見ながら、そうため息をついた。彼女の前には楽しそうに話しかけるローランと、それに受け答えをするオスカーがいる。

現在、二人はローランに王宮の中を案内してもらっていた。

『お二人にはまず、私とこの国のことをよく知っていただきたくて！』

どうして自分達を呼び出したのか、その理由を問いただす前に彼はそう言って、城の案内を申し出てくれた。オスカーと話すローランはどこまでも無邪気《むじゃき》で、後ろから見ていると飼い主とそれに懐《なつ》く子犬といった感じに見える。見ていてとても心が和《なご》む。しかし……

「オスカー殿下、あちらがうちの中庭になっています！　天井《てんじょう》をガラスで覆《おお》っているので、中庭というよりは温室という方が近いのですが。庭師に我が儘《まま》を言って、私も手入れに交ぜてもらっているので、特に愛着がある場所なんです」

「そうなんですね。とてもお綺麗《きれい》な庭で素敵《すてき》だと思います。……セシルもそう思うだろう？」

「あぁ、はい！　とっても綺麗なお庭ですね！」

　オスカーに振《ふ》られそう答えれば、ローランはセシリアを見て固まった。そしてすぐさま視線を逸《そ》らす。それはあからさまに避《さ》けているような仕草で……。

（えっと……）

　セシリアが混乱している間にローランはまたオスカーに話しかける。オスカーも困ったような顔でその話を受け止めていた。

　ここに来てまだ数時間だが、セシリアはなぜかずっとこんな扱《あつか》いを受けていた。別に無視をされているわけではないのだが、セシリアが話しかけるとローランは一度固まり、そして顔を背《そむ》けるのである。

（何か嫌《きら》われるようなことしちゃったかなぁ……）

　と言っても思い当たる節などない。ローランとはほんの数時間前に会ったばかりだし、彼の態度は最初からこんな感じだ。

　困惑《こんわく》するセシリアをよそに、二人は楽しそうに目の前で会話を繰《く》り広げる。

「この先に、兵たちの訓練所があるんです。もしよかったら見ていかれませんか？」

「そうですね。案内していただけますか？」

「ふふ。そうおっしゃってくださると思って、実はもう、隊長に話はつけているんです！」

「お気遣《きづか》い痛み入ります。ローラン殿下」

　オスカーは軽く頭を下げる。

そんな彼を見て、ローランは「あ、あの！」と、声を張りあげた。

「もしよかったらなのですが。それ、やめていただけますか？」

焦《あせ》ったような声に、オスカーは驚《おどろ》いた顔で「なにをでしょうか？」と首を傾《かし》げる。ローランは恥《は》ずかしそうに俯《うつむ》いた。

「その敬称《けいしょう》を、です。できれば敬語も。私も互《たが》いの立場は理解できていますが、だとしても、年齢も上、国も何倍も大きい王族の方にそのような扱いを受けるのは、畏《おそ》れおおいです。それに、私は殿下ともっと仲良くなりたいんです！」

まるで一世一代の告白をするように、頬を赤らめながらローランはそう言う。

そんな可愛《かわい》らしい姿を見ながら、セシリアは密《ひそ》かに「私も仲良くなりたいです」と聞こえないように呟《つぶや》いた。

弟のような年齢の彼に、オスカーは笑みながら肩《かた》をすくませる。

「それでは私のこともオスカーと。敬語も不要です」

「それはさすがに！」

「仲良くなりたいのでしたら、そうするべきでは？　それに私だけが貴方《あなた》のことを呼び捨てにしていると、この国の方に不敬だと思われかねませんので……」

「それは、……確かにそうですね」

少し考えるそぶりを見せた後、ローランは顔を跳《は》ね上げた。

そして、意気込むように胸元《むなもと》で拳《こぶし》をギュッと握《にぎ》りしめる。

「それでは、これから『オスカー』と呼ばせてください！　敬語の方は、その、できればこのままで構わないでしょうか？　こちらの方が話しやすくて……」

「……あぁ、構わないぞ」

オスカーの砕《くだ》けた言葉遣いに、ローランは嬉《うれ》しそうに目をキラキラとさせ「ありがとうございます！」と頬を赤らめた。

大変仲が良くて羨《うらや》ましい限りだ。……本当に。

ちなみにここまでの流れでセシリアが参加できた会話は「お手洗いとかはよろしいでしょうか？」のあとの「はい」か「いいえ」だけである。

「それでは、オスカーもセシル様もこちらへ」

「あぁ」

「えっと……」

(『オスカーもセシル様も』？)

セシリアは頬を引き攣《つ》らせた。

王族であるオスカーが敬称なしなのに、男爵子息《だんしやく》であるセシルには敬称ありとか、それはどうなのだろうか。見る人が見れば異様な状態だし、オスカーの話ではないが、この国の他《ほか》の人間に「なんなんだアイツは……」と思われかねない事態である。

セシリアは慌《あわ》てた様子でローランに言い募《つの》った。

「お、俺も敬称とかいいよ！　ほら、俺もローランと仲良くなりたいしさ！」

出来るだけにこやかな笑みを貼《は》り付けてそう言うと、彼は振り返り、厳しい声を出した。

「セシル様はダメです」

「へ？」

「セシル様はどうあってもセシル様のままです！」

「え、なん――」

「それでは、ご案内しますね」

ローランは元の穏《おだ》やかな顔つきに戻《もど》ると、案内を再開するのだった。


「私、ローランに嫌われてるのかなー」

「どうだろうな」

セシリアとオスカーがそんな会話を交《か》わしたのは、その日の夕方のことだった。

一日中歩き通した足はもう棒のようで、セシリアはぐったりと部屋の中央にあるソファに身体《からだ》を任せている。その後ろでオスカーは上着を脱《ぬ》ぎ、皺《しわ》にならないようにハンガーに掛《か》けていた。

そこは王宮内にある来賓《らいひん》用の客室だった。客室といっても扉《とびら》を開けたらすぐにベッドがあるような造りの部屋ではなく、最初の扉を開けた先に一つの大きなフロアがあり、そこからいくつもの部屋が枝分かれしているような、団体でも泊《と》まれる部屋だった。二人がいるのはその大きなフロア。警備の兵などは部屋の外にいるので、いまそこにはオスカーとセシリアの二人しかいなかった。

セシリアの憂《うれ》いをオスカーもわかっているようで、彼は彼女を安心させるように優《やさ》しい声を出す。

「でもまぁ、嫌われているのなら、こんなに待遇《たいぐう》は良くないだろう？」

「それは、オスカーと一緒《いっしょ》だからじゃない？　一緒に呼び出した手前、あまり差をつけるのも……って感じなのかもしれないし」

「まぁそうかもしれんが、別に何かされたというわけでもないのだから気にしなくてもいいんじゃないか？　あの態度だって、少し緊張《きんちょう》しているだけなのかもしれんし……」

「いや、それこそ。オスカーに緊張しなくて、私に緊張する理由がわからないよー」

セシリアはソファの座面にぐったりと身を横たえながら「はぁ」と情けない声を出した。

「私さ。今まで人からあんなふうに避けられたことがなかったから、ちょっとショックかも」

「人のことは避けていたくせにな？」

揶揄《からか》うようなオスカーの声にセシリアは振り返り、唇《くちびる》をへの字に曲げた。

「それは……言わない約束でしょ？」

「そんな約束をした覚えはないな」

はっと吐《は》き出すように笑うオスカーに、セシリアは頰《ほお》を膨《ふく》らませる。

なんだかちょっと負けた気分だ。別に何も勝負などはしていないのだけれど……

セシリアは拗《す》ねたような顔を収めると、昼間のことを思い出しながら首を傾げた。

「オスカーは明日《あした》、ローラン殿下《でんか》と何か話し合いをするんでしょう？」

「あぁ。まぁ、話し合いというか。一方的に『話したいことがある』と言われただけだがな」

王宮の案内が一通り終わった後、ローランはオスカーに向かって『明日二人っきりで少し話したいことがあるのですがいいですか？』と伺《うかが》いを立てていた。オスカーがなんの話をするのかと聞いても、『それは明日お話しします』の一点張りで何も教えてはもらえなかったのだ。

「その話って、私たちを呼び出した理由と何か関係があるのかな？」

「そうかもしれないな。ただ、どうして俺とローランの二人っきりなのか……」

「もしかしたら、オスカーと私、呼び出した理由が別なのかもね」

「まぁ、こうなってくるとそうだろうな。俺はてっきり俺たち二人に選定の儀《ぎ》のことを聞くのかと思っていたんだが……」

はたから見た二人の共通点なんて『ヴルーヘル学院に通っている』ことと『騎士《きし》に選ばれて

いる』ことぐらいだ。ジャニス王子がプロスペレ王国でしてしまったことをローランは知らないという話だったが、もしかしたら何かの拍子《ひょうし》に知ってしまって話を聞くために自分たちを呼び出したのかもしれない。そう二人は考えていたのだが……

「明日の話し合いでそれとなく探《さぐ》ってみる。ま、探るまでもなく向こうから何か言ってくるかもしれんがな」

「なんかごめんね、役に立たなくて」

「こればっかりは仕方がないだろう。それに、俺はローランがお前に興味を持たなくてちょっとほっとしてるよ」

言葉の真意がわからなくてセシリアは「へ？」と間抜《まぬ》けな声を出した。『興味を持たなくていい』というのがよくわからない。こういう場合はできるだけ仲良くなって、ジャニスの話を聞き出すのが得策ではないのだろうか。

オスカーは小首を傾げるセシリアの頭をわしゃわしゃと撫《な》でる。

「ちょっと、オスカー！」

「お前はとんだ人たらしだからな」

「どういうこと？　意味がわかんない！」

「まぁ、お前はわからなくてもいい」

そこまで言ってオスカーはセシリアの頭から手を離《はな》した。

「とにかく明日はゆっくりしていろ。旅の疲《つか》れも溜《た》まっているだろうからな。旅先で体調を崩《くず》したなんて、土産話《みやげばなし》にもならんぞ？」

「うん！　そうだね。お言葉に甘えてそうするよ」

セシリアは元気にそう言った後、「ふふふ」と楽しそうに肩を揺《ゆ》らす。

その笑《え》みの理由がわからないのだろう。オスカーは目を瞬《しばたた》かせた。

「どうかしたか？」

「ううん。別に大したことじゃないんだけどさ。……なんだかその台詞ってギルみたいだなって思っちゃって！」

セシリアの言葉にオスカーは一瞬《いっしゅん》目をすがめた後、面白《おもしろ》くなさそうに息を吐き出すのだった。


その翌日――

「オスカーにはゆっくりしろって言われたけど、さすがにそういうわけにもいかないわよね！」

セシリアは、自室として用意された部屋で、腰《こし》に手を置いたまま、そう宣った。彼女の前には開いているボストンバッグ。その中には、いつも着ている服とは別に見慣れない服があった。

セシリアはその服を取り出し、鏡の前で身体に合わせる。

「さすがリーンよね。身体にピッタリ」

　彼女が身体に当てているのは、なんとメイド服だった。メイド服と言っても、レースが多くてミニスカートな、コスプレ用のなんちゃってメイド服ではなく、ちゃんとくるぶし丈《たけ》スカートのクラシカルなメイド服だ。

　実は、リーンにはノルトラッハに行くことを告げていた。もし自分がなにかの理由で戻って来られなくなった場合、誰《だれ》も事情を知らないと混乱すると思ったのだ。リーンは『それって行く必要ある？　ちょっと危険すぎない？』とセシリアを止めてくれたが、最後には『わかったわよ。アンタは言い出したら聞かないんだから……』と、セシリアがノルトラッハに行くことを認めてくれた。

　その時に『何かあったら使いなさい』と渡《わた》されたのが、このメイド服である。

「リーンはこれを逃《に》げる時のために用意してくれたんだろうけど……」

『いい？　もし何か変なことに巻き込まれて、にっちもさっちもいかなくなったら、これに着《き》替《が》えて逃げるのよ？』

　メイド服を渡してきた時のリーンの台詞が頭を掠《かす》める。敵地かもしれない場所に向かう友人に渡すのが、お守りではなくメイド服なところが大変に彼女らしいが、それを逃げるためではなく別のことに使おうとするセシリアも、彼女らしいと言えば彼女らしい。

「これを着てれば、使用人の人に話を聞けるかもしれないしね！」

セシリアがノルトラッハに来た目的は、ジャニスを捕《つか》まえるか、彼の情報を手に入れるためである。ついでに、マルグリットの情報も入手できるならしたいと考えていた。

それならばこの衣装は適切だ。他国から来た者に自国の王族の話など軽々にはできないが、使用人同士ならば口が軽くなる。それが新米の使用人ならば、『この城で働く者の常識』として色々と教えてくれるかもしれない。

「ジャニス王子には放浪癖《ほうろうへき》があったらしいけど、長年ここで暮らしていたわけだし、みんな全く知らないってわけじゃないだろうしね」

セシリアはそうつぶやきながら服を脱《ぬ》ぐ。いざという時のために用意されたものだからか、着るのは簡単だ。かつらをかぶり、なぜかついていた眼鏡もかける。

そして――

「よし！」

セシリアは鏡の前でくるりと回った。

襟《えり》のついた黒いワンピースに、白いエプロン。黒茶色の長い髪《かみ》の毛は頭のてっぺんでまとまっていて、モブキャップは少し小さめだ。縁《ふち》の細い大きな眼鏡は彼女の特徴《とくちょう》的な青い瞳《ひとみ》をどことなく隠《かく》している。

鏡に映る自分は、どこからどう見ても『セシリア』には見えなかった。当然、『セシル』にだって見えはしない。もしかすると、オスカーぐらいなら気がつくかもしれないが、ノルトラッハの人間は十中八九気がつかないだろうし、警備をしている騎士だって気がつかないかもしれない。それぐらいの出来栄《できば》えだった。

「さすがリーンね」

そう感嘆《かんたん》の声を漏《も》らしたあと、彼女は胸元《むなもと》でぐっと拳《こぶし》を握《にぎ》りしめた。

「それじゃ、行きますか！」

部屋の外へ出るために、まずは持ってきたロープでの脱出《だっしゅつ》を試みた。部屋を守っている騎士たちや国から連れてきた使用人たちに、こんな格好で部屋から出ていくところを見られるわけにはいかなかったからだ。

ロープを部屋のベッドの足に括《くく》り付けると、セシリアは窓の外に残りのロープを放つ。そして、人がいないことを確認《かくにん》して、手慣れた調子でするするとロープを降りた。この辺の手解《てほど》きもシルビィ家の兵士であるハンスにしてもらったのだが、先日そのハンスから『男装して学院に通うなんて聞いてません！　そんなことに協力するためにお嬢様《じょうさま》を鍛《きた》えたわけじゃありませんからね！』という手紙をいただいた。これはもう相当おかんむりのやつである。

（ハンス兄には次会った時にちゃんと謝らないとねー）

そんなふうに苦笑《くしょう》を漏らしながらセシリアはロープを降りきると、スカートをはらい、皺《しわ》を伸《の》ばした。

彼女が最初に向かったのは、王宮の端《はし》にある使用人室の方向だった。使用人から話を聞くのならば、使用人が多いところが一番だと思ったからだ。しかし……

（どう話しかければいいのかなー）

リネン室や使用人たちの調理場が集まっている場所だからだろうか、予想していた通りに使用人たちの数は多い。セシリアの隣《となり》を通る使用人たちは彼女のことを少しも不審《ふしん》がることはないのだが、だからと言って話しかけてくることもなかった。使用人たちの中に交ざればなんとかなると思っていたので、これは予想外だ。というか、単純な準備不足だ。

（私から話しかけてもいいんだけど、できるだけ変な印象は残したくないしな……）

そう思いながら足を止めたその時だ。

「ちょっと、貴女《あなた》！」

「はい！」

後ろからかかったその鋭《するど》い声に背筋が伸びる。振《ふ》り返れば、背の高い年上の女性がこちらに向かって早足で歩いてくるところだった。彼女はセシリアの前で足を止めると、少し早口でこう告げる。

「いま暇《ひま》？」

「えっと、暇というか、なんというか……」

「暇ならこっちを手伝いなさい」

いきなり手首を握って引っ張られた。セシリアは「え？」と目を白黒させるが、彼女はそんなこと知ったことではないというように、彼女を引きずり、何処《どこ》かへ連れて行く。

「まったく、朝礼の話を聞いてなかったの？　貴賓《きひん》用の食事室を使うから今日は手の空いた者から掃除《そうじ》をしにくるようにって話だったでしょう？」

「そう、でしたっけ？」

「そうでしたっけって……」

セシリアを引きずりつつ、彼女は出来の悪い子どもを見るように振り返った。はぁ……とため息をついているが、悪い人ではないのだろう。

そうして連れていかれたのは、言われていたように貴賓用の食事室だ。大きなシャンデリアが吊《つ》り下げられている室内には、何人もの人間が並んで座れるような長机と椅子《いす》が置いてある。ダマスク柄《がら》の壁《かべ》も、重々しいベルベットのカーテンも、どれも煌《きら》びやかでさすが王宮といった感じだ。

「わぁ……」

セシリアは感嘆の声を漏らす。シルビィ家の邸宅《ていたく》にある来客用の食事室だってそこそこ豪華《ごうか》だが、ここまでの広さはないし、豪華さもない。

「なにキョロキョロしてるのよ。さっさと仕事に取り掛《か》かりなさい」

「あ、はい！　えっと……」

（な、何をすれば……）

セシリアはオロオロと視線を彷徨《さまよ》わせる。掃除自体のやり方はわからなくもないのだが、そもそも掃除をするための道具がどこにあるのかもわからないし、なんとなくグループ分けされているそのコミュニティにどう入ればいいのかもわからなかったからだ。もしかしたら、彼女たちには常日頃《つねひごろ》自分達が何をするかとかの役割分担があるのかもしれない。

セシリアの動きがぎこちないことに気がついたのだろう、彼女をここまで連れてきた使用人の女性は訝《いぶか》しげな表情で片眉《かたまゆ》をあげる。

「……もしかして貴女、新入り？」

「あ、はい！　実は、今日入ったばかりで……」

「どうりで、見たことがない顔だと思ったわよ」

彼女は「はぁ」と再びため息をこぼしたあと、セシリアに向かって布を投げる。それをセシリアがキャッチすると、女性は顎《あご》をしゃくって並んでいる机のほうを指した。

「んじゃ、とりあえず椅子をその布で拭《ふ》いてくれる？　埃《ほこり》なんて一つも残さないようにね」

「は、はい！　がんばります！」

セシリアの素直《すなお》な頷《うなず》きに、女性は頰《ほお》を引き上げながら「がんばって」と口にした。

それから一時間もたつころには――

「リアちゃーん！　こっちの荷物運んでおいてー！」

「はーい！」

「リア、ここの食器の数もチェックしておいてくれたら嬉《うれ》しいんだけど」

「わかりました！」

セシリアは、すっかりみんなに馴染《なじ》んでしまっていた。特に、セシリアをここまで連れてきた女性——イザベルと、先月入ったばかりのアンヌは、何もわからないセシリアにとてもよくしてくれる。

セシリアはそんな彼女たちに『リア』という偽名《ぎめい》を使っていた。

「そういえば、リアちゃん。明日《あした》、ここを使う人たち知ってる？」

「ここを使う人たち？　貴賓用ってことだから、貴族の方がたずねてくるんですか？」

「惜《お》しいわね。明日ここを使うのはね、隣国《りんごく》の王族と貴族らしいのよ」

「あー……」

すぐに自分達のことだと察知した。そういえば、昨日ローランから『今日と明日は難しいですが、明後日《あさって》なら時間が取れるので夕食を一緒《いっしょ》にとりませんか？』と誘《さそ》われていたのだ。正確に言えば、誘われたのはオスカーだが、この感じだとローランはきっとセシリアのことも誘っていたのだろう。ただ視線がセシリアの方を向いていなかっただけで。

「それでね！　私ちょっと見ちゃったんだけど、貴族様の方、めちゃめちゃかっこいいのよ！」

「貴族様って、あの金髪《きんぱつ》の彼のことでしょう？　私も見た見た！　本当にイケメンよね！」

「私なんて声もかけてもらっちゃったんだから！　名前は確か、セシルって呼ばれていた気が……」

「ソウナンダー」

なんというか、もう乾《かわ》いた笑いしか出なかった。我ながら本当に人気者だなと思ってしまう。

もしかすると自分は男性に転生したほうが楽しく生きられたんじゃないかと思ってしまうが、それはそれで別の問題も孕《はら》みそうなのでそれ以上考えるのはやめておいた。

「ジャニス王子もかっこよかったけど、セシル様もまた違《ちが》った趣《おもむき》があっていいわよね！」

セシルのことを思い出し興奮したのか、使用人の一人が会話に割って入ってきた。それを皮切りに、次々と周りに会話の花が咲《さ》いていく。

「わかる！　月と太陽って感じがするわよね！」

「私は、セシル様推《お》しだなぁー」

「でもやっぱり、ジャニス王子には敵《かな》わないんじゃない？」

「あぁそうだ！　ジャニス王子！」

セシリアはここを訪《おとず》れた本来の目的を思い出し、そう声を大きくした。

すっかり忘れていたが、彼女はジャニスの情報を得るためにこんな格好をしているのだ。決して掃除をするためではない。

突然《とつぜん》上がったセシリアの声に、使用人の女性たちの視線が集中する。

「ジャニス王子がどうしたの？」

「あぁ、えっと……」

「貴女もあれでしょう？　ジャニス王子の噂《うわさ》を聞いて入ってきた口でしょう？」

「噂？」

「そうそう、ジャニス王子の美しさは王都じゃ有名だからね。貴女みたいにちょっとのぼせ上がった子が、たまにうちに入ってくるのよ」

彼女たちは「ねー」とたのしそうに顔を和《なご》ませる。

「ジャニス王子のこと、教えてあげましょうか？」

「教えてくれるの？」

「いいわよ。リア、いい子だからね！」

真面目《まじめ》な態度が功を奏したのか、使用人の女性たちは顔を見合わせる。そんな彼女たちをイザベルは「はいはい、無駄口《むだぐち》は仕事が終わってからだよ！」と一喝《いっかつ》して、セシリアたちは元の持ち場に戻《もど》っていった。

その日の夜、セシリアはオスカーと一緒に間にある共用の部屋で夕食をとった後、自室に戻らず、そのまま寛《くつろ》いでいた。掃除で疲《つか》れた身体をソファに埋《うず》めていると、オスカーが隣《となり》に腰掛《こしか》けてくる。

「セシリア、今日は一日何をしてたんだ?」

「え? ……えっと、特に何もしてないよ! ゆっくりしてた!」

セシリアは咄嗟《とっさ》に嘘《うそ》をつく。『使用人に変装して、明日使う予定の部屋を掃除してました』なんて口が裂《さ》けても言えない。それを言ってしまえば、オスカーに心配をかけてしまうだろうし、もしかしたら怒《おこ》られてしまうかもしれないからだ。

「オスカーはどうだったの? ローランから話が聞けた?」

そう話を逸《そ》らすと、オスカーは視線を下げ「それが、うまくはぐらかされてしまってな」と疲れたような声を出した。

「ジャニス王子について何か俺に伝えたいことがあるようなんだが、どうにも口が重くてな。促《うなが》してもひどく迷っている様子で何も答えてくれなかった。とりあえず、明日も一緒に話がしたいと言うから了承《りょうしょう》したが、ちゃんと話してくれるかどうかはわからないな……」

「そっか」

「まぁ、まだ日程はあるからな。気長に聞き出すことにする」

「そうだね。なんか任せちゃってごめんね」

「いいや。これぱっかりは仕方がないだろう」

ローランがセシリアを避《さ》けている限り、彼の方はオスカーに任せるしかない。

こんなに避けるのならばどうして呼び出したんだろうと思わなくもないのだが、その辺りも結局オスカーに頼《たよ》らなくてはわからないのが現状だ。

（それにしても、なんかもう今日は疲れちゃったなー）

湯浴《ゆあ》みはこれからだが、ちょっと眠気《ねむけ》が足元まで這《は》ってきている。きっと昼間に身体《からだ》を動かしたせいだろう。湯浴みの準備ができるまでちょっと自室で寝《ね》るのも手かもしれない。

そう思い、セシリアは立ち上がった。そして、自室にと用意された部屋の扉《とびら》の方へつま先を向ける。

「ちょっと休んでくるね。オスカー、今日はお疲れ様」

「セシリア」

「はい？」

「本当に、今日は何もなかったんだよな？」

その確認《かくにん》に一瞬《いっしゅん》だけ身体がびくついて、セシリアは固まった。そして一拍《いっぱく》の間の後、できるだけいつも通りの笑顔《えがお》と声色《こわいろ》でこう口にした。

「ナ、ナニモ、ナカッタヨ？」

翌日。ノルトラッハに来て三日目の朝だ。

セシリアは昨日と同じように使用人の格好になり、やっぱり昨日と同じように自室からロープを垂らした。眼鏡を落とさないようにポケットに入れ、彼女はロープを摑《つか》んだまま窓の外に躍《おど》り出る。指を火傷《やけど》しないように布を巻くのも忘れてはいない。

慣れた手つきでいとも簡単にロープを降り切ったセシリアは「よし！」と胸元《むなもと》でガッツポーズをした。

実は、今日の目的地はもう決まっているのだ。

(地図も描《か》いてもらったし、ばっちりね！)

そう思いながら開いたのは小さなメモ帳の切れ端《はし》だった。そこにはこの王宮の大まかな地図が描かれている。これは昨日仲良くなった使用人の一人、アンヌが教えてくれたものだった。

『私もまだ覚えきれてないんだけど、よかったら写す？』

まだここに入ってきて間もないアンヌはそう言ってポケットから手描《てが》きの地図を出して見せてくれたのだ。それを慌《あわ》てて写したのがこれである。

そして、地図には一つの星マークが足されていた。アンヌの地図にはなかったマークである。

それはセシリアが彼女たちの話を聞きながら描いたもので、そここそが本日の目的地だった。

セシリアはその星マークに向かって歩き出す。

歩を進めながら思い出すのは、使用人の彼女たちとお菓子《かし》を頬張《ほおば》りながらした会話だった。

『ジャニス王子って本当に素敵《すてき》だったんだから！　私たちにも気さくに話しかけてくれるいい人でね』

『今はちょっと外交で城を留守にしているみたいだけれど、またお会いしたいわぁ』

『私なんて小さい頃《ころ》から知っているけれど、本当に彼ほど繊細《せんさい》な人はいないよ』

素敵で、気さくで、いい人で、繊細。

セシリアの知っているジャニスとはまるで別人だ。たしかに彼は一見素敵な人間だし、気さくだが、決していい人ではないし、繊細でもない……気がする。しかも、彼女たちからはジャニスの悪い噂はほとんど聞くことができなかったのだ。セシリアでも聞いたことがある『嫁《とつ》いできた姫《ひめ》の腕《うで》を切り落とした』という話だって、彼女たちは――

『そんな噂も確かにあるはあるけど、私たちは姫の方をよく知らないからね』

『嫁いできた姫がとんぼ返りしたのは本当だけど、あのジャニス王子がそんなことするわけないもんね？』

『そうよねぇ』

と一蹴《いっしゅう》したのだ。

ジャニスは本当に、使用人たちからは好かれていたらしい。

それから話は王族のことに飛んで、セシリアは使用人たちからノルトラッハの王族の話を色々と聞くことができた。

その中で特に印象に残っているのは、イザベルの話だった。

『ジャニス王子にはね、二人のとても優秀《ゆうしゅう》なお兄さんがいたんだけど、亡《な》くなってしまってね……』

しかも、その時期にちょうど彼の母親も亡くなり、彼はあまりのショックに一時期部屋にこもって出てこなくなってしまったらしいのだ。

『上の二人の王子が亡くなって、ジャニス王子が王位継承《けいしょう》権第一位になってしまったから、色々噂する人たちもいてね。あの時ほど王室が荒《あ》れたことはないわ。国王様もジャニス王子を疑っているのか、次期国王だと正式に指名はしていなかったみたいだし……』

『でもやっぱり、ジャニス王子が何かしただなんて私には考えられないわ！』

『当たり前よ！』

『そういえば、ちょうどその頃《ころ》からですよね？　ジャニス王子の放浪癖《ほうろうへき》が始まったのって……』

『きっと、考える時間が欲しかったんでしょうね』

セシリアは使用人たちの話を思い出しながら息を吐《は》き出した。

彼女たちの話のどこまでが本当でどこまでが嘘なのか、それはわからない。しかし、そういう話を聞くとちょっと彼に同情してしまう自分がいるのもまた事実だった。

しかしそれで、彼が自分達にしてきたことが許されるわけではないし、彼に相対することがこれからあったとしても、手心を加えるつもりは毛頭ない。

（何が本当で何が嘘かは、後で考えればいいわよね。まず私は情報を集めるだけよ！）

星マークの場所に辿《たど》り着いたセシリアは、目の前の扉を見上げた。

そこはなんとジャニスの部屋だった。鍵《かぎ》はもちろん、使用人室から持ち出している。

（バレないように入って、バレないように出てくれば問題ないわよね！）

とは思うが、自国ではなく隣国《りんごく》の王族の部屋に無断で侵入《しんにゅう》するという事態の重さに、セシリアの頬《ほお》には冷や汗《あせ》が伝った。普段《ふだん》ここはあまり掃除《そうじ》もしないらしいし、廊下《ろうか》の人通りも少ない。黙《だま》って入って黙って出てくれば、何も問題はないはずだと思うのだが……

（うぅ……、緊張《きんちょう》する）

そう思いながらまずは部屋に鍵がかかっているかどうか確かめるためにドアノブを回した。

すると……

「あれ……？」

開いている。

開けるまでもなく、彼の部屋の扉は開いていた。

不思議に思いながらもセシリアは急いで部屋の中に入り、後ろ手で扉を閉める。そして部屋の中を見回した。

部屋の主人がいないからか、部屋の中はとてもがらんとしていた。使用人たちがいつ入って

もいいように、重要な書類などは置いていなかったし、お金に換えられるような貴金属類も見

当たらない。執務《しつむ》するための大きな机と、手前にローテーブルとソファだけが置いてある空間

だ。

セシリアは執務室の机の引き出しを確かめたあと、クローゼットを開ける。引き出しの中に

は万年筆が一本。クローゼットにもコートが一着かかっているだけだった。

「何もない、か……」

ジャニスがそうしたのか、彼の周りがそうしたのかはわからないが、部屋の中に彼の私物と

呼べるものはほとんど残っていなかった。これではジャニス王子の情報どころではない。

「残念だけど、何もないなら仕方がないよね」

期待していた収穫《しゅうかく》がなかったことに落ち込みながらも、彼女は切り替《か》えるようにそう言った。

そして、できるだけ早く部屋からお暇《いとま》しようと思ったその時——

「何をやってるんだ、セシリア」

先ほど閉めた扉の方から聞き慣れた声がして、セシリアは振《ふ》り返った。

そして、大きく目を見開く。そこにいたのは、見知った人物だった。

「へ？　オスカー!?　ど、どうしてここに！」

「昨晩、お前の様子がおかしかったからな、つけさせてもらった。でもまさか、変装までして家捜《やさが》しを始めるとは……」

オスカーは大きくため息をつきながら頭を抱《かか》える。

どうやらローランとの約束は昼からだったらしい。だから、午前中はセシリアと一緒《いっしょ》に過ごそうと思っていたところ、何やら彼女が怪《あや》しい動きを見せるものだからついてきてしまった、ということのようだった。

彼は呆《あき》れ顔でこちらに向かって歩いてくる。

「部屋の窓からロープが垂れているのを見た時の俺の気持ちがわかるか？　『またやったな、あいつ』だぞ？　いい加減、大人しくできないのか？　まさか、止まったら死ぬのか!?」

「まぁ、そう考えていた時期もありました」

ほんの数ヶ月前までの話だ。今はさすがに『止まったら死ぬ』とまでは考えていないが、『動いていないと死ぬかもしれない』ぐらいは思っている。

「というか、オスカー。よくこれが私ってわかったね！」

セシリアはそう言いながら手のひらで自分を指す。

自分で言うのもなんだが変装は完璧《かんぺき》だったはずだ。服装は元より、かつらだって被《かぶ》っているし、眼鏡だってかけている。「もしかしたらオスカーぐらいにはバレるかもしれないなぁ」とは思っていたが、本当にバレてしまうなんて驚《おどろ》きだ。

セシリアの言葉にオスカーは腕を組んだ状態でふんと鼻を鳴らす。

「そう何度も何度も騙《だま》されるか。というか、セシルとセシリアがすぐ繋《つな》がらなかったのは、お前の現在の顔を知らなかったからだ。知っていたら、あんなに易々《やすやす》とは……」

「ほんとかなぁ？」

「お前も言うようになったな……」

そうじっとりと睨《にら》み付けられ、セシリアは、あはは、と肩《かた》を揺《ゆ》らす。ほんの数ヶ月前まで、セシリアはオスカーとこんな風に話せるようになるとは思っていなかった。こんなことならば、早く彼にカミングアウトしていればよかったと思う反面、あの時間があったからこそ、この関係なのだとも思うので、きっとこれでよかったのだろうと、セシリアは一人納得《なっとく》した。

「……というか、用事は終わったのか？　それならそろそろ出るぞ。さすがの俺でもこの状《じょう》況《きょう》は説明のしようがないからな」

部屋の鍵は開いていたのだから「道に迷っちゃいました！」の言い訳が通じるかとも一瞬《いっしゅん》考えたのだが、セシリアたちが泊《と》まっている場所とここは結構な距離《きょり》がある。この王宮がセシリアたちにとって不慣れな場所だということを考慮《こうりょ》しても、これはちょっと離《はな》れすぎているし、第一、彼女は変装してしまっているのだ。

これでは言い訳のしようがない。

セシリアが「確かに、そうだね！」と、部屋の扉《とびら》につま先を向けた時だった。

部屋の外から微《かす》かな足音が聞こえてくる。

「やばいやばいやばい！　どうしようオスカー」

「どうしようと言われてもな……」

セシリアの顔もそうだが、オスカーの顔もこわばっている。

彼女は部屋の中全体を見回して、先ほど開け放ったクローゼットに目を留めた。

そして、何を思いついたのか、オスカーの背を押し始める。

「オスカー、入って！」

「は？」

「いいから！　早く！」

セシリアはオスカーをクローゼットに詰《つ》め込み、同じクローゼットに自分も入る。そして扉を閉めた。暗くなった庫内で、セシリアはオスカーの身体《からだ》と自分の身体をピッタリと合わせて息を押し殺した。

「ちょ、お前な――」

「大きな声、出さないで！」

セシリアの真剣《しんけん》な声色《こわいろ》にオスカーも口を噤《つぐ》んだ。

しかし、足音の主がなかなか部屋の中に入ってこないところを見かね、たまらずもう一度口を開いた。もちろん声は潜《ひそ》めてだが。

「おい。前にもこんなことあった気がするぞ……」

「前？」

「お前が変な異国の服を着ていた時だ。リーンから逃《に》げる時に……」

その言葉にセシリアは目を大きく見開いた後、「あはは……。あったね」と頰をかいた。

あれはまだオスカーがセシルの正体を知らなかった頃《ころ》。リーンに半ば無理やりチャイナドレスを着せられたセシリアは、『全国デビューよ！』とスケッチブック片手に目を血走らせているリーンから逃げていた。その時、ちょうどオスカーに声をかけられてしまい、二人は空き教室に隠《かく》れたのである。その時もこんなふうにセシリアが無理やりオスカーを教室に押し込めたのだが……

「全く、お前はいつまで経《た》っても変わってないな……」

「いつまで経っても、ってひどくない？　まだあれから数ヶ月だよ⁉　オスカーはあれから成長したっていうの？」

「少なくともこういう時に狼狽《うろた》えなくなったな……」

「え？　オスカー、狼狽えてたの？」

当時のオスカーの心境など全く知らないセシリアは目を瞬《しばたた》かせる。

それまで平気な顔をしていたオスカーは、彼女の言葉に頰を染めた。

「いや。まぁ、そうだな……」

「そっか。突然《とつぜん》だったからびっくりしたよね？　ごめんね、オスカー？」

「そういうわけじゃないんだが……」

びっくりしたから狼狽えたのではなく、突然《とつぜん》押し倒《たお》されて上に乗られたものだから狼狽えたのだが、当然彼女はそんなこと知る由《よし》もない。

当時のことを思い出してしまったのだろうオスカーは、上目遣《うわめづか》いの彼女からあからさまに視線を逸《そ》らす。

どうして視線を逸らされるのかわからないセシリアは彼の顔を覗《のぞ》き込むが、ますます顔を背《そむ》けられた。もう首が変な方向に曲がってしまいそうなほど、彼は視線を彼女と合わせようとしない。

「いいから、それ以上くっつくな……」

「え。なに？」

「だから！　それ以上くっつくな、と！」

オスカーが思わず声を荒《あら》らげてしまいそうになった時だ。部屋の扉が開き、誰《だれ》かが入ってくる。二人は思わず息をつめた。

クローゼットの扉の隙間《すきま》から外を覗く。そこにいたのはローランだった。彼は執務《しつむ》椅子《いす》に座り、上半身をぐったりと机に投げた。そうして、先ほどセシリアが調べた引き出しから万年筆を取り出し、自分の目の前に持ってくる。

その視線は何かを憂《うれ》いているようで、セシリアはさらに扉に目をくっつけた。

「え？　ここって、ローランの部屋だった？」

「いや。そんなはずはないが……」

『兄様……』

悲しみの声が室内に広がる。

二人は重なるように扉に近づき、今度は耳をそばだてた。

『兄様、どうして私に何も告げずにいなくなったりしたんですか……』

彼の声は、今にも泣き出しそうだった。組んだ両腕《りょううで》に顔を埋《うず》めながら、彼は長いため息をつく。その光景を見て、セシリアは眉《まゆ》を寄せた。

（ローラン……）

セシリアたちにとってジャニスは、もう現れないならそれが一番良いと考えてしまうような敵である。積極的に懲《こ》らしめたいとは思っていないが、もう関《かか》わらないで欲しいと心底思っている人間だ。

しかし、ローランにとっては違《ちが》うようだった。見る限り、彼はジャニスのことを慕《した》っていたのではないかと思う。失踪《しっそう》したジャニスのことを思って涙声《なみだごえ》を出すぐらいには、ローランは彼のことが好きだったのだろう。

そんな思いに浸《ひた》っていたからだろうか、足元に意識を向けるのを忘れていた。セシリアのつま先はクローゼットの扉を蹴《け》ってしまう。瞬間、ローランが反応した。

『だれか、いるんですか？』

「やば――」

「お前というやつは……！」

二人の額に冷や汗《あせ》が浮《う》かぶ。

ローランはクローゼットの前まで歩いてきて、キョロキョロとあたりを見回した。まさかクローゼットの中に人が隠れているなんて思ってないのだろう。視線は一向にこちらに向かない。

二人が僅《わず》かにほっとした瞬間、ローランが何かに気がついてクローゼットの扉に手を伸《の》ばした。そして、勢いよく開け放つ。

「わっ！」

「――っ！」

最初に扉にへばりついていたセシリアが飛び出て、次いで彼女を守ろうとしたオスカーも転げ出た。咄嗟《とっさ》に身体を入れ替《か》えたオスカーのおかげで、セシリアは床《ゆか》に身体を打ち付けることなく、彼の上に倒れ込むような形になる。

「いたたた……って、オスカー、大丈夫《だいじょうぶ》⁉」

「――っ、俺は平気だが……」

身体を起こしたオスカーの視線の先を辿《たど》る。

するとそこには大きく目を見開くローランの姿があった。

「えっと、そんなところで何をしてらっしゃるんですか？」

セシリアはそんな彼に「あはは……」と苦笑いをこぼすのだった。

「つまり、お二人は兄様を捜そうとしていて、情報を得るため、兄様の部屋に侵入《しんにゅう》していたと……」

ローランの言葉にセシリアは「えっと、はい……」と曖昧《あいまい》にうなずいた。

オスカーの説明により、『自分達は前からジャニスと面識があり、失踪した彼を捜すために、たまたま開いていた彼の部屋に侵入した』ということになっていた。

セシルが変装していたのは、正直に言っても協力してもらえないと思っていたため、と。

その話を聞いたローランは「兄様を捜してくださるというんだったら、協力はいくらでもいたしますのに！」と声を上げていた。

どうやらローランはオスカーの話を信用してくれたようだった。彼が人を信用しやすいのか、オスカーへの信頼《しんらい》がそうさせるのかはわからないが、なんとかことなきを得た形だ。

ちなみにローランは、オスカーと一緒《いっしょ》にクローゼットに入っていた使用人を最初はセシルだとは思っていなかったようで、「オスカー、こんなところで使用人と何を……。まさか！　そういう趣味《しゅみ》が――？」と変な勘違《かんちが》いをしそうになっていた。たまらずセシリアが「俺です！」

と片手を上げながら白状すると、一瞬《いっしゅん》だけ納得《なっとく》したような表情になった後、また目を剥《む》いて驚《おどろ》いていた。

その時のローランの顔は、まさに豆鉄砲《まめでっぽう》を食《く》った鳩《はと》だった。

一通り事情を説明し終えた二人は、その場に座り込んだまま、今度はローランの説明を聞く。

「この部屋の鍵《かぎ》が開いていたのは、私がよくここに来るからです。お恥《は》ずかしながら、兄離《ばな》れができていなくて」

彼は広い室内を見回した後、恥ずかしそうに頬《ほお》を掻《か》いた。

「兄様は持っているもののほとんどを処分して姿を消したので、もうここには何も残っていないんです。だから普段《ふだん》から鍵をかける習慣もなく……」

「ローラン殿下《でんか》はジャニス殿下と、その、仲が良かったんですか？」

セシリアの問いにローランは少し考えた後、困ったように眉を寄せた。

「仲が良かったかはわかりません。ただ、私は信用していましたし、目標としていました。私たち兄弟の中で、兄様が一番優秀《ゆうしゅう》でしたから」

この二日間、セシルのことを避《さ》けていた彼の姿はそこになかった。

ローランは少し迷った後、意を決したように顔を上げてオスカーに詰《つ》め寄った。

「お二人……というか、オスカーを呼んだのは、実は兄様のことでお願いしたいことがあったからです」

「ジャニス殿下のことで？」

「はい。兄様を止めてほしいんです」

その言葉に、オスカーとセシリアは顔を見合わせる。『捜し出してほしい』ならまだわかるが、『止めてほしい』というのはどういう意味だろうか。ローランはプロスペレ王国でジャニスのしたことを知らないはずだ。失踪したとだけ聞いている状態のはずである。それとも何か察しているのだろうか。

ローランは数度躊躇《ちゅうちょ》したのちに口を開く。

「兄様はもしかしたら自死するかもしれないんです」

その言葉に話を聞いていたオスカーとセシリアは目を剝いた。

「ここから先の話は内密にしてもらえますか？」という前置きの後、彼は訥々《とつとつ》と語り出す。

「兄様の上にもう二人兄がいたのはご存じでしょうか？」

「うん。二人とも優秀な人で、でも亡《な》くなったって……」

そう頷《うなず》きながらセシリアはイザベルから聞いた話を思い出していた。

『ジャニス王子にはね、二人のとても優秀なお兄さんがいたんだけど、亡くなってしまってね……』

『上の二人の王子が亡くなって、ジャニス王子が王位継承権《けいしょうけん》第一位になってしまったから、色々噂《うわさ》する人たちもいてね。あの時ほど王室が荒《あ》れたことはないわ。国王様もジャニス王子を

くなったという。


疑っているのか、次期国王だと正式に指名はしていなかったみたいだし……』

　その時期と重なるように母親も亡くなり、彼はあまりのショックに一時期部屋から出てこなくなったという。

　セシリアの言葉にローランは「そうです」と頷いたあと、衝撃《しょうげき》の事実を口にする。

「実は、その二人の兄を殺したのは、ジャニス兄様の母君――クロエ様なのです」

「それは、本当か？」

「はい。噂とかではなく、この目で見たので確かです」

　ローランは視線を落としながら自身の胸に手を当てた。

「クロエ様は、とても優《やさ》しい方でした。それこそ、兄様によく似たおっとりとした女性で。母親のいない私にもすごく良くしてくれたんです。……ただ、兄様の十七歳の誕生日。あの日からなぜか急に乱暴な方になってしまって……」

　最初は心の病気を疑われたらしいのだが、医者が診《み》ても一向に症状《しょうじょう》は良くならず、一時期は幽閉《ゆうへい》までされていたそうだ。

「クロエ様は以前とは違うお方になっていました。兄様に嫁《とつ》いできた隣国《りんごく》の姫《ひめ》の腕《うで》を切り落としたり、国の金を横領した大臣の首をその場で刎《は》ねるように命じたり。……でも、そこまでは国王様もなんとか庇《かば》えていたんです。上の二人の兄様たちに毒を盛るまでは……」

　第一王子パスカルはその毒により亡くなり、第二王子ミシェルはなんとか一命を取り留めた。

しかし、話を聞きつけたクロエが部屋に侵入し、王子の胸をナイフで刺《さ》したという。

「私は見舞《みま》いに来ていて、たまたまその場に居合わせました。クロエ様は私に目もくれず、真っ直《す》ぐにベッド脇《わき》まで来て、なんの躊躇もなくミシェル兄様の胸を刺したんです。そして私に、『ジャニスのことをよろしくね』『次の国王にふさわしいのはあの子なの』と……」

すぐさまクロエは捕《と》らえられ、箝口令《かんこうれい》が敷《し》かれた。

ローランをはじめ、目撃《もくげき》者もそれなりにいたため、クロエはすぐさま裁判にかけられることになったのだが……

「裁判を待たずに地下牢《ちかろう》でお亡くなりになりました。クロエ様は兄様たちに盛ったものと同じ毒薬を隠《かく》し持っていたそうです」

「そんな……」

「そして、それらの事件のことを兄様は全《すべ》て自分のせいだと考えているようでした。あの強い兄様が、全部自分自身のせいだと、私に愚痴《ぐち》を吐《は》くこともありました。そして、その辺りからです。兄様がちょくちょく王宮を抜《ぬ》け出すようになったのは……」

クロエのことに、放浪癖《ほうろうへき》。これではいかにジャニスが優秀だろうと、王太子に指名できるはずがない。しかし、ジャニスがいる以上、ローランを指名するのもおかしな話になってしまう。

「私は兄様が死に場所を探しているような気がしてならないのです。放浪癖と言っても今までは荷物もそのままだったし、ちょくちょく手紙も送ってくださっていました。なのに今回は、いつの間にか荷物もなくなっていて、手紙だって……」

ローランは悔《くや》しそうに膝《ひざ》の上で拳《こぶし》を作る。

「本当は、会ったその日に話すつもりだったんです。しかし、話が話なので、何度も躊躇して しまって……」

「その話、国王様は？」

「知っています。進言もしました。けれど、父上も兄様のことを厄介者《やっかい》だと思っているようで。『放《ほう》っておけ』『あいつがいなくなればお前が次の国王だ。悪い話じゃないだろう』って。私はそんなものに興味なんてないのに……」

国王の対応がそっけないのは、もしかするとプロスペレ王国のことがあるからかもしれない。いま彼が戻《もど》ってきても、国王的には喜ばしい事は何もないだろう。彼のしたことが本当だと認められれば、ノルトラッハ及《およ》び国王は重大な責を負うだろうし、国際問題にも発展しかねない。

「お二人ともどうか力を貸してください！　私は兄様を止めたいんです！」

ローランはそう言いながら深々と頭を下げる。

オスカーとセシリアはしばらく見つめあった。

彼に協力するのは別にいい。むしろ、協力した方がいいぐらいである。二人ともローランと同じようにジャニスの行方《ゆくえ》を捜しているからだ。

しかし、ここで問題になるのはジャニスを捜し出す目的がローランとは正反対ということだ。

ジャニスを止めて、国に戻ってもらいたいローランと、ジャニスが危険だから野放しにはしておけないと考えているセシリアたちでは、『ジャニスを見つける』という言葉の意味が違《ちが》ってきてしまう。

言葉を発しない二人をどう思ったのか、ローランは悲しげに視線を落とし、「すみません。いきなりこんなことを言って……」と呟《つぶや》いた。

今にも泣きそうなローランを見かねてか、オスカーは眉間《みけん》を揉《も》みながら難しい声を出す。

「まぁ、少し考えさせてくれ。俺たちにもジャニス殿下を見つけたい気持ちはあるんだが、こちらにも事情があってな……」

「わかりました。できれば、こちらの国を出る時までにお返事をいただけると嬉《うれ》しいです」

分をわきまえているのか、ローランはそう微笑《ほほえ》むだけで会話は終了《しゅうりょう》となった。

それからしばらくは妙《みょう》な沈黙《ちんもく》が続いた。話が話だっただけにいきなり切り替《か》えるのも難しく、空気はどこまでも重々しい。

そんな沈黙を破ったのは、セシリアだった。彼女は真剣《しんけん》な面持《おもも》ちで、「あのさ……」とまるで質問するように片手を上げる。瞬間《しゅんかん》、ローランとオスカーの視線が彼女に集まった。

「これって俺が聞いてもよかったのかな」

「え？」

「だって、これって本当はオスカーだけに言おうと思っていた話だよね？」

だからこそ、ローランはオスカーだけを何度も呼び出したのだ。

内容も箝口令が敷かれているような王室の深いところの話だし、セシリアならまだしも、たかが男爵子息《だんしやく》であるセシルには聞かせたくない話だっただろう。

そんなセシリアの心配を、ローランは首を振《ふ》って否定する。

「セシル様は、兄様の部屋に侵入《しんにゅう》するという危険を冒《おか》すぐらい、兄様のことを心配してくださいました。しかも変装までして、です。ですから、問題ありません。私はセシル様のことを信用していますから！」

「そ、そっか……」

猛烈《もうれつ》に胸が痛む。

別にジャニスのことは心配していないし、もう現れないのならばそれに越《こ》したことはないと思っているのだが、こんなに彼のことを慕《した》っているローランの前でそんなことを言う気には、さすがになれなかった。

「そちらの話はわかった。でもどうしてセシルを呼び出したんだ？　さっきのとは、別の理由があるんだろう？」

そう聞いたのはオスカーだった。彼の問いにローランは少し身体《からだ》をびくつかせた後、「それは……」と指先を合わせた。

「今は普通《ふつう》に話しているが、初日や昨日なんかはほとんど関《かか》わりを持とうとしていなかっただろう？　むしろ避《さ》けている感じで……。用事があるから呼び出したはずなのにおかしいと二人で話していたんだ」

視線で「な？」と言われ、セシリアもコクコクと頷《うなず》いた。

ローランはちらりとセシリアを見た後、なぜかじんわりと頬《ほお》を染める。

「実は……」

「実は？」

「実は、降神祭の王子様に会ってみたかったんです！」

いきなりそう叫《さけ》ばれて、セシリアは固まった。突然《とつぜん》の出来事に放心する彼女に、ローランはさらに言葉を重ねる。

「実は私、民俗《みんぞく》学を勉強していまして、プロスペレ王国の神話にも大変興味を持っているんです！　かの神話はわが国ともとても重要な関わりを持っている神話ですし、民俗学的にも重要な祭りだと思っているので！　それで、数年前から人を派遣《はけん》して情報を集めてもらっているんですが、今年の降神祭でイアン様の生まれ変わりかもしれない青年が現れたと聞いて、いてもたってもいられなくて!!」

さっきとは別の意味で興奮しだしたローランに、セシリアは頬を引き攣《つ》らせる。

「しかも、伝え聞くセシル様は伝説と遜色《そんしょく》ないぐらいのご活躍《かつやく》で！　私としては是非《ぜひ》一度お会いしたいと思って、オスカーに招待状を送るのに乗じて送らせていただいたのです！　でもまさか本当に来ていただけるとは思ってなくて、緊張《きんちょう》してしまって……」

「いや。あの俺、そんな王族からの打診《だしん》を断れるような身分では……」

「そんなわけないでしょう！　イアン様の生まれ変わりということは現人神《あらひとがみ》ということですよ！　まさか、王国はあなたの身分をそのままにしていると？」

ここでローランはオスカーを見る。

オスカーもどう答えていいのかわからない様子で、目を瞬《しばた》かせていた。

「えっと、俺がイアンの生まれ変わりというのは、いろんな方が騒《さわ》いでいるだけで、本当にそうだと決まったわけでは……」

「しかし、知り合いの教会の方も『そういう話になりそうだ』とおっしゃってましたよ。教会が認めるという事は、事実そういうことなのでは？　セシル様が無自覚なだけで、実はなにかそういう証拠《しょうこ》が……」

つまりローランは、アイドルに会いたいぐらいの気持ちであの招待状を出したということだ。

(だから、私だけ『様』なのね……)

それでも王族であるオスカーを差し置いて様呼ばわりというのはどうかと思うのだが、理由がわかった分だけ、なぜかちょっとほっとしてしまう。嫌《きら》われているわけではなかったのだ。

ローランはチラチラとセシリアを盗《ぬす》み見る。

「しかし、まさかそのようなご趣味《しゅみ》があるとは思いませんでした……」

セシリアの格好はまだメイド服のままだった。

彼女は自分の格好に今更《いまさら》ながらに気づき、頬を真っ赤に染め上げ、「あ、あの、これはね！」と弁解しようとした。

ローランは、少しだけ頬を染めると咳払《せきばら》いをして、焦るセシリアから視線を逸《そ》らす。

「女装をしている男性ですか……」

「え？」

「なんだか新たな扉《とびら》が開いた気がします」

それ以上開いてはいけない扉が開く音がした。


その後三人は、セシリアが使用人としてピカピカに掃除《そうじ》をした食事室で食事を終え、解散となった。食事会の間、三人の間の空気は今までにないほど穏《おだ》やかで、時に笑いも入ったりして、雰囲気《ふんいき》的にはとてもよかった。その食事会でローランの『セシル様』を『セシル』に改めることもできたし、本当にいい時間だったと思う。


自室に帰ってきたセシリアは、改めてオスカーに昼間の話を振った。

「オスカー。ローランの話、どう思った？」

「ジャニス王子の話か？　まぁ、正直突飛《とっぴ》な話だなとは思う。俺が知っている彼はそんなことで悩《なや》むような人間ではないし、ましてや自殺を考えるタチではないからな。彼の母親が事件を起こしたのは事実だろうし、その後の展開にも嘘《うそ》はないのだろうが、話し手であるローランの気持ちが入っているのは否《いな》めないな」

「そっか。そう、だよね」

上着を脱《ぬ》ぎながら、セシリアは頷いた。

オスカーの考えは、セシリアの考えと同じものだった。彼女としてもジャニスが自分で自分を殺すような人間には見えなかったし、あの話にはローランの感情がふんだんに盛り込まれているのだろうとも思う。

(だけど……)

そう思う側で、ジャニスに同情してしまっている自分がいるのもまた事実だった。

あの話が本当ならば、ジャニスはセシリアが想像できないほどの辛い思いをしているということになる。

どこか気落ちしているようなセシリアを目の端《はし》に留めながら、オスカーは「ただ……」と口にする。

「それなら、あいつが自分のやっていることを隠《かく》していない理由に説明がつく」

「どういうこと?」

セシリアが首を傾《かし》げると、オスカーは指を立てる。

「たとえば、お前が何か悪いことをしてしまったらどうする？」

「謝る？」

「そういうやつだよな、お前は……」

オスカーは苦笑《くしょう》を浮《う》かべる。

「まぁ、お前みたいな人間もいるんだろうが普通のやつはまず隠したがるんだ。その『悪いこと』が意図的なのかそうじゃないかは別にして、悪いことをしてしまった人間は事実を隠したがる。自分には何も関係ないとシラを切りたがる。持っているものが多いやつほどな。しかし、ジャニスにはそれがないんだ」

確かに彼は、今まで自分自身の罪を隠すようなことはしなかった。彼は腐《くさ》っても王族で、王子で、彼の命令で動く人間は大勢いるのだから、自分の手を汚《よご》さずにこれまでのことをやってのけることはできただろう。少なくとも、矢面《やおもて》に立つ必要は全くないはずだ。

なのに彼は、まるで『自分がやりました』というような言動ばかりする。

降神祭の時も、神殿《しんでん》での時も。

「ああやって姿を晒《さら》せば、自分の居場所がなくなることぐらいわかっていたはずだ。それを自殺と言っていいのかはわからないが、まぁ、自殺的な行為《こうい》だとは言える」

「自分の居場所がなくなるだけじゃなくて、いろんな人に追われることになっちゃったんだもんね」

「そうだな。そう考えると、ローランの考えもあながち的を外れていないんじゃないかとも思うんだよな……」

オスカーは自分の考えをそう締《し》め括《くく》った。

「この度《たび》は私のわがままを聞いていただき、本当にありがとうございます！」

食事会を終えた翌日、ローランはセシリアたちの部屋の前でそう言って目を輝《かがや》かせた。

それに相対するのは、セシリアだ。もちろんいつもの男の姿である。

その日、セシリアはローランにノルトラッハの首都であるムーレイを案内してもらう予定だった。これは昨日の食事会の時にローランが提案してくれたもので、少し観光気分で街を見て回りたかったセシリアは二つ返事でＯＫした。

ちなみに、オスカーはノルトラッハの国王に呼び出されてしまったので、今回は不参加である。

『大丈夫《だいじょうぶ》だと思うが、一応気を付けろよ。敵国とまでは言わないが、何が起こるかわからない国だ。いくら用心していても用心のしすぎってことはないからな』

と、心配そうに言ってくれたオスカーの声が耳の奥で蘇《よみがえ》る。

ローランはこちらに友好的な姿勢を見せているし、彼の護衛も一緒《いっしょ》に行くことになっているので大丈夫だとは思うのだが、彼の心配ももっともだ。確かに安心のしすぎはよくない。

そんなセシリアの服装は、シャツとパンツの上にジャケットとコートを羽織るという、比較《ひかく》的《てき》簡素な服装だ。歩いて回るため動きやすさの方を重視しているのである。簡素な服装ではあるものの、貴族の息子《むすこ》かな？　ぐらいの身綺麗《みぎれい》さはあるし、平民には見えない。

迎《むか》えにきたローランも同じような服装だった。

「ローラン、今日はよろしくね？」

「はい！　任せてください！」

そう頬《ほお》を染めるローランからは、二日前までのよそよそしさなど、もう微塵《みじん》も感じられなかった。

二人は用意された馬車に乗り込み、大通りまで行く。そして、少し外れたところに馬車を駐《と》めると、揃《そろ》って馬車を降りた。ローランからの強い要望で護衛は隠れて後ろからついていく形になるらしく、はたから見れば彼らは二人で街を散策しているように見えた。

ローランは第四王子ということで顔を覚えている国民も少なく、仰々《ぎょうぎょう》しいお供を連れていくよりこの方が安全らしい。

「それじゃ、どこを案内しましょうか？　一応、プランも考えてきたのですが、セシル様が行きたい場所があれば、案内しますよ！」

「だから、そのセシル様っていうのは……」

「あぁ、すみません！　つい……」

ローランは頬を染める。あはは……と少し恥《は》ずかしそうにはにかむ彼の表情は、ジャニスに似た中性的な容姿も相まって、どこか恋《こい》する乙女《おとめ》のような印象を受けてしまう。

まぁ、正体として正しいのは『推《お》しに会ったオタク』かもしれないが……

ノルトラッハの街並みは、プロスペレ王国とは趣《おもむき》が違《ちが》った。

赤や黄色、白などといった色とりどりの明るい壁《かべ》に、雪が降るからだろう、傾斜《けいしゃ》のきつい切り妻屋根。建物の高さは全体的に高く、湾《わん》を囲うように建物が建っているので、船着き場も多い。

全体的におもちゃ箱から飛び出してきた感がする街並みだった。同じような形の建物ばかり並んでいるからか、その整頓《せいとん》された感じもなんだか可愛《かわい》い。

「来る時も思ったけど、ノルトラッハの街並みって、本当に可愛いよね。すごく素敵《すてき》！」

「ありがとうございます！」

歩きながらのセシリアの言葉に、ローランは心底嬉《うれ》しそうな表情を浮かべた。

二人はまず市場の中に入っていく。その国のことを知りたいのならば、穫《と》れる作物や産物を知るのが手っ取り早いからだ。

漁港が近いからか、市場にはたくさんの魚が並んでいた。見たことがないほど大きな魚が捌《さば》かれることなく内臓だけ処理された状態で置いてある様はセシリアを驚愕《きょうがく》させたし、客が来てから捌く手早さにも恐《おそ》れ入った。

魚に次いで多いのはお酒の数で、この辺などを持って帰ればきっとダンテは喜ぶだろう、とセシリアは思った。もちろん持って帰りはしないが。

その他《ほか》には寒い地域でも育つ根菜類がいくつか並んでいて、乾燥《かんそう》肉なども吊《つ》り下げられている。

「我が国の料理は正直バラエティには乏《とぼ》しいのですが、漁港が近いので魚が新鮮《しんせん》でとても美味《おい》しいですよ。ソテーで食べるのもいいですが、シチューに入れても美味しいですし、生で食べるような猛者《もさ》もたまにいたりします。推奨《すいしょう》はしませんが……」

ローランはそう言って苦笑を浮かべながら隣《となり》を歩く。

市場を出て次に向かった先は、ノルトラッハの大通りだった。雪は残っていないものの、人もあまり出ておらず市場ほどの活気は見られなかった。それでも、人々は皆穏《みなおだ》やかそうな笑《え》みを浮かべている。

「そういえば、その胸元《むなもと》のペンってオスカーからですか？」

ローランが視線を向けたのは、セシリアのジャケットの胸ポケットに入っているペンだった。

「あぁ、うん！　よくわかったね」

「そこの石がオスカーの瞳《ひとみ》の色だったので。あと、意匠《いしょう》が少し豪華《ごうか》だなと……」

オブラートには包んでいるが、男爵子息《だんしやく》が持つには少し高級品すぎるということだろう。

セシリアは胸元から覗《のぞ》くペンの先端《せんたん》を指でなでた。

「なんか今朝、渡《わた》されてね」

あれは、まだローランが部屋に迎えにくる前。国王に呼び出されたオスカーが部屋を出ようとしていた時だった。

身支度《みじたく》を終えたセシリアが扉《とびら》の前で『行ってらっしゃい。気をつけてね』とオスカーを送っていると、急に振《ふ》り返った彼から『念のためだ』とペンを胸ポケットに挿《さ》されたのだ。

意味がわからずキョトンとする彼女にオスカーは続けて『一応、ローランも男だからな』とさらに意味のわからない言葉を重ねた。

「……お二人って、そういう仲なんですか？」

「え。そういう仲？」

ローランに恐る恐る聞かれ、セシリアは首を傾《かたむ》けた。

なにもわかってない様子の彼女に、ローランは「違うんですかね？　すごく仲がいいってことでしょうか……」と顎《あご》をなでる。

「いや、男女の間ではあるじゃないですか。そういう、自分がいつも身につけているものを女性の見えるところにつけて、変な虫が付かないようにするってやつ」

「変な虫？」

「その、言い寄ってくる男性って意味です」

「……あー」

途端《とたん》、首筋が熱くなった。そういう意味だとわかった瞬間《しゅんかん》に、なんだか猛烈《もうれつ》に胸元のペンが恥ずかしくなる。

（だから『念のためだ』で、『一応、ローランも男だからな』なのね……）

セシリアの反応に、ローランは大きく目を見開いた。

「まさか本当に？」

「ち、違う！　あ、いや、違わないんだけど、違くて！」

セシリアならばそういう仲ではあるのかもしれないが、セシルとオスカーはただの友人だし、というか、そもそもセシリアとしてもそういう仲と言い切ってしまっていいのか疑問である。

「オスカーはセシルのことが大切なのですね！」

狼狽《うろた》えるセシリアの反応をどう取ったのか、ローランはそう納得《なっとく》してくれた。

『まさか本当に？』と言いつつも、最終的に友人に収まってしまうあたり、リーンよりも随分《ずいぶん》と良心的だ。

勝手に納得したローランは観光案内を続ける。

「でも、もう少し時間があればこの先の崖《がけ》にも案内できたのに、残念です」

「崖？」

「はい！　我がノルトラッハの街並みが美しいのはもちろんなのですが、我が国は自然の景観も特徴《とくちょう》の一つなのです！　氷河により形成されたフィヨルドを一望できるそこからの眺《なが》めは、まさに国の宝と言っても過言ではないほど！　是非、セシルにも一度見ていただきたくて！」

「それは、すごいね……」

「あと、もっと北の方に行くとオーロラが見えるんですよ！」

「オーロラ……？」

　オーロラというのは、あのオーロラだろうか。前世でもテレビの中でしか見たことがない、大気の発光現象。高い山に囲われたひらけた空に揺蕩《たゆた》う光の波。誰《だれ》もが一度は見てみたいと思うだろう光景である。

　呆《ほう》けているセシリアをどうとったのか、ローランは慌《あわ》ててオーロラの説明を始める。

「オーロラ、と言ってもわかりませんよね？　信じられないかもしれませんが、夜に光のカーテンがかかる現象なのですよ。自然現象らしいのですが、昔はそれを神々からのメッセージとして受け止めていたそうです」

「確かにあれは、神様の仕業《しわざ》って感じがするよね」

「知っておられるんですか？」

「知ってるっていうか……絵本で読んだだけ？」

　前世のことなど言えるはずもなく、咄嗟《とっさ》にそう言い繕《つくろ》うと、ローランは頬をひきあげながら

「そうなんですね！」と楽しげに笑う。

「ローランはオーロラ見たことがあるの？」

「そんなにたくさんではありませんが、数回だけは。私は兄様たちに比べて割と楽な身分でしたから、よく北の大地まで行っていたんですよ」

その時の景色を思い出しているのだろう。ローランはうっとりと目を細めた。

「本当に綺麗《きれい》なんですよ。私が見たことがあるオーロラは緑が多かったですが、青や紫《むらさき》、たまに赤といった色のオーロラも見ることができるんです」

「それは、なんだか凄《すご》そうだね」

「はい！　本当に凄いんです！」

言葉の端々《はしばし》から彼がノルトラッハを愛しているのが伝わって来る。

それは、もう少し時間があるのならば一緒《いっしょ》に崖に行ったり、オーロラを見たりしたいと思えるような言葉だったし、熱量だった。

キラキラと目を輝《かがや》かせているローランは「そういえば！」とさらに顔を輝かせた。

「一度、ジャニス兄様とオーロラを見に行ったことがあるんです」

「ジャニス殿下《でんか》と？」

「はい！　兄様から誘《さそ》ってくださって、私がご案内したんですよ。あの頃《ころ》はまだクロエ様もご健在で、兄様もずっと穏《おだ》やかに笑っていて……」

ローランは懐《なつ》かしむようにそう言った後、空を見上げた。

「実はその時、オーロラは見えなかったんです。でも、二人で空を見上げながら『いつか絶対に一緒に見よう』と約束して。本当にいい思い出です。……結局、その約束は果たせずじまいでしたが……」

苦笑《くしょう》を浮《う》かべるローランは先ほどとは違《ちが》ってどこか悲しそうだ。彼は『ジャニス兄様を捜す』と意気込んでいるが、その口ぶりからしてもう半分諦《あきら》めてしまっているのかもしれない。

そんな彼にセシリアは今まで疑問に思っていたことをぶつけた。

「ねぇ、どうしてローランはジャニス殿下にこだわるの？　死んじゃったかもしれないけど、お兄さんは他にもいたんでしょう？」

「そう、ですね……。ジャニス兄様が唯一《ゆいいつ》私のことを家族として扱《あつか》ってくれたからでしょうか」

「家族？」

「前にも言った通り、私には母がいません。父は父というよりも国王ですし、腹違いの兄弟は、心の距離《きょり》だけで言うのならばそこら辺を歩いている人よりも他人でした。でも、ジャニス兄様だけは違ったんです。部屋に閉じこもって出てこようとしない私に、『私たちは王位に関係ないのだから、気楽に行こう』と声をかけて、手をひいてくださったんです」

ローランは視線を下げる。

「私は、クロエ様のお気持ちが実は少しわかるんです。あの頃の兄様は、自分のことをずっと卑下《ひげ》して生きていました。『出来損《そこ》ないの三番目』『期待されていない三番目』だと」

「それは……」

「兄様はとびきり優秀《ゆうしゅう》でした。だからこそ、王位をめぐるゴタゴタに巻き込まれたくなくて、そんなふうな発言をしていたのでしょう。あるいは、パスカル兄様とミシェル兄様の母上からクロエ様を守るのが目的だったのかもしれないです。……でも、私はそれが悔《くや》しくてたまらなかった」

隣《となり》を歩くローランの拳《こぶし》が少し震《ふる》える。

「兄様が道化《どうけ》を演じる度《たび》に、本当は違うんだと叫《さけ》びたくなりましたし、たとえ兄様の発言でも兄様を傷つけてほしくなかった。きっとクロエ様も私以上にそう思っていたと思います。……ま、だからと言って、毒を盛るのは反対ですけどね」

ローランはそう言って弱々しく笑った後、瞬《まばた》き一つでいつも通りの穏やかな彼に戻《もど》る。しかし、無理をしているのはバレバレで、彼の瞳の奥にはやはりどうしようもない悲しみが見てとれた。

セシリアは、そんな彼の手をぎゅっと摑《つか》むと、唇《くちびる》の端《はし》を引き上げる。

「ジャニス殿下、見つかるといいね。俺も早く見つけられるように努力するね！」

はっきり言えば、それは同情で吐《は》いた言葉だった。

自分達がジャニスを見つけてしまった場合、彼はきっと無事に国に帰ることは叶《かな》わないだろう。ここまで発展してしまったのだから見逃《みのが》すことなどできるはずもない。

だからといって、ジャニスのことを信じ切っているローランに自分達の目的やジャニスのしたことを言ってしまうのは違うと思ったし、このまま何も言わないという選択《せんたく》もセシリアには取れなかった。

だから、嘘《うそ》ではない精一杯《せいいっぱい》の、彼の気持ちを汲《く》む言葉として、セシリアはそれを吐いたのである。

ローランはセシリアの言葉を受けて、まるで花が咲《さ》くように笑った。

「ありがとうございます！」

可愛《かわい》らしく頬《ほお》を染めて、彼は唇の隙間《すきま》から歯を見せる。

「すみません。湿《しめ》っぽくしてしまって。では、案内を続けますね！」

「うん。よろしくね！」

二人は同時に微笑《ほほえ》みあい、少し歩幅《ほはば》を大きくするのだった。


そうして、ノルトラッハ滞在《たいざい》、最終日。

最終日といっても、その日は朝からプロスペレ王国に帰る馬車に乗るため、最終日にノルトラッハでしたことは、忘れ物がないかという荷物のチェックぐらいだった。

セシリアはオスカーと同じ馬車に揺《ゆ》られながらじっと窓の外を見つめた。ノルトラッハの可愛らしい街並みがどんどん小さくなって、徐々《じょじょ》に牧草地へと変わる。それだけでなんだかちょっと感傷的になってしまう。

「もう、ノルトラッハともお別れだね」

「そうだな」

「そうですね！」

「最初はどうなるかと思ったけど、結構楽しかったよね？」

「まぁ、そうだな」

「お二人と過ごせた日々は宝物です！」

おかしい。オスカーとの会話のはずなのに、答えてくる声が一つ多いのだ。

幼子ではないが、まだ子どもっぽさが抜《ぬ》けないその声は、セシリアがこの数日でよく聞いた声と同じものだった。

「セシル、どうしましたか？」

というか、セシリアはその声の主が誰だかわかっている。

だって、彼は彼女の隣に座っているのだ。満面の笑《え》みを浮かべたまま足をぶらつかせて、彼はそこにいる。

いないように振《ふ》る舞《ま》っていたのは、セシリアがその現実を直視したくなかったからだった。

セシリアは改めて隣を向く。そして、現実と目を合わせた。

「……なんでローランがここにいるの？」

「え？」

大きな目をこれでもかと見開いて、現実が首を傾《かし》げる。

そう、そこにいたのはローラン・サランジェ、その人だった。

心底意味がわからないという顔をするセシリアに、彼は同じように心底意味がわからないというような目をむける。

「なんでここにいる、というのは、どういう意味でしょうか？」

「そのままの意味だけど。えっと、この馬車、プロスペレ王国に帰るんだよ？」

「はい！　知っていますよ」

さも当然とばかりにそう答えて、彼は胸の前でパンと手を叩《たた》いた。

「昨日、セシルが言ってくれたじゃないですか！　『俺も早く見つけられるように努力するね！』って。あれは一緒に捜してくれるという意味だったのでは？」

「あ。いや、あれはその……」

正面に座るオスカーの視線が痛い。その表情だけで『お前、またやったのか……』という彼の気持ちが伝わって来るようだ。

そんな彼らのアイコンタクトに気づくことなく、ローランは意気揚々《いきようよう》と胸元《むなもと》に拳を掲《かか》げた。

「兄様を捜すなら、やっぱり最後に連絡《れんらく》が途絶《とだ》えたプロスペレ王国だと思うんですよね！」

「あのさ、ローラン。国王様には止められなかったの？」

「父上は承諾《しょうだく》してくださいました！　身内の罪を濯《すす》ぐのはやはり身内でなければな……と」

国王の変な決意が見え隠《かく》れするが、それならばどうして濯ぐ予定の息子《むすこ》に身内の罪とやらを教えないのだろうか。

確かに今の状況《じょうきょう》で王族を他国に送るという行為《こうい》が『誠実な対応』として見られる可能性はあるが、投げっぱなしにも程《ほど》がある。

「それに、プロスペレ王国にいつか留学したいと思っていたんですよね！」

嬉《うれ》しそうにそう言われては、もう反対することも叶わない。

そもそも彼はもうすでに馬車に乗っているのだ。ここで放《ほう》り出すわけにもいかないだろう。

「オスカー、セシル。今日からどうぞよろしくお願いします！」

ローランは今までに見たことがないような嬉しそうな顔で笑った。

✦第三章✦ ローラン・サランジェ

「今すぐ元いたところに返してきなさい」

「そんな、犬猫《いぬねこ》を拾ってきた時みたいに言わなくても……」

静かな怒《いか》りの声を上げるギルバートに、視線を逸《そ》らすセシリア。腕《うで》を組みながら渋《しぶ》い顔で扉《とびら》のそばに立っているのはオスカーで、外からはジェイドたちの明るい声が聞こえてくる。

そこはヴルーヘル学院だった。リーンがいつの間にか根城としてしまっている旧校舎の空き教室である。

セシリアたちがノルトラッハから帰ってきたのは、昨日の夜の話だった。

学院に馬車がつくと、知らせを受けていただろうギルバートとリーンが夜にもかかわらず二人を迎《むか》えてくれた。しかし、馬車の中の三人目に気づいたギルバートがセシリアに説明を求め、『えっと、ノルトラッハの第四王子、ローラン・サランジェ殿下《でんか》です』と馬鹿《ばか》正直に答えたものだから事態は急変、この度緊急《きんきゅう》会議を開くことになったのである。

「犬猫の方がまだマシだよ。どうして他国の王族なんか拾ってくるの……」

「拾ってきたというか、勝手について来たというか」

「どっちにしたって連れ帰ってきたのは一緒《いっしょ》でしょ？　というか、どうせセシリアが何か迂闊《うかつ》なことを言って、それがきっかけで連れて帰ってくることになったんじゃないの？」

まるで見てきたかのようにそう言う彼に、セシリアは驚《おどろ》きで目を見開いた。そして思わず
「千里眼……」とつぶやいてしまう。

「なに？」

「いいえ、なんでもないです」

鋭《するど》い眼光で睨《にら》まれて、セシリアは萎縮《いしゅく》したように体を小さくした。それを見ながらギルバートも「なんでこう、人たらしかな……」と小さくため息をつく。

ちなみに、ローランは現在ジェイドに学院の中を案内してもらっている。ローランの身分はみんなに秘密となっており、国王の計らいで『ノルトラッハからの留学生』ということになっていた。

「というか、そもそもどうして俺に黙《だま》って行くわけ？　あとからリーンに事情を聞かされて、ホント心配したんだからね」

「それは、ごめんなさい」

「まったく、セシリアはいつもいつも……」

「まぁ、そう責めてやるな。セシリアだってお前のことを考えてだな……」

そう、助け船を出したのは、それまで黙って話を聞いていたオスカーだった。

瞬間《しゅんかん》、セシリアに向いていたギルバートの視線がオスカーに滑《すべ》る。

「わかってますよ、そのぐらい。きっとセシリアは、俺がセシリアのノルトラッハ行きを止めるために、国王様に直談判《じかだんぱん》しに行くとか考えたんでしょう？　そのせいで俺の立場が悪くなるかもしれないとか」

「ギルすごい！」

心を読むことができるのではないかというぐらいの的確さに、セシリアは思わずそう感嘆《かんたん》の声を上げてしまう。

「そんなことはわかってるんです！　だとしても、腹が立つんだから仕方がないでしょう？　……というか俺は、貴方《あなた》がセシリアと二人っきりで出掛《でか》けたことを許してはいないんですからね？」

「そ、それは、俺だって当日まで知らなかったんだから仕方がないだろう？」

「……何もなかったんですよね？」

「な、何もなかったぞ？」

そうは言っているが、彼の頬《ほお》はほんのりと赤い。おそらく、旅行中にあった出来事を思い出してしまったのだろう。

そんなオスカーの様子にギルバートの眉間《みけん》に三本ほど深い皺《しわ》が寄るが、それも一瞬のこと。

彼はため息一つで、眉間の皺を三本から一本にまで減らした。

「でもま、今回は国王様からの頼《たの》みだったんだから、仕方がないってことで許してあげる。いつもみたいに勝手に飛び出していったとかなら、あと小一時間は説教だったけど……」

「ありがとう、ギル！」

ようやく、説明の場という名の説教時間が終わり、セシリアはほっとしたように頬を引き上げた。

「だとしても、ローランを連れ帰ってきたことは失敗だと思ってるんだからね？　他国の王族が怪我《けが》したり死んだりした場合、国際問題に発展する可能性があるんだから」

「それは、はい。……ごめんなさい」

自分の余計な一言が彼にトリガーを引かせた。その自覚はあるのだ。

素直《すなお》に謝るセシリアにギルバートは「もういいよ」と呆《あき》れたように一息ついた。

呆れられたのかとセシリアが少しだけ気落ちしていると、ギルバートは彼女の前にしゃがみ込み、椅子《いす》に座る彼女の顔を覗《のぞ》き見た。

「まぁ、でも、何事もなくてよかった。……怪我とか、痛いところは本当にどこもないんだよね？」

「うん。大丈夫《だいじょうぶ》。どこも怪我してないし、痛くもないよ」

「それならよかった」

ほっとした彼の顔が、どれぐらい心配したのかを物語っているようで、セシリアは彼に黙ってノルトラッハに赴《おもむ》いたことを少しだけ後悔《こうかい》した。

ギルバートはセシリアの頬を一撫《な》でして、彼女の顔色を確かめたあと、立ち上がる。そして、オスカーを振り返った。

「ま、過ぎたことをとやかく言うのは後からでもできるので、いまはローランの話をしましょうか。ジャニスのことについて何か言っていたとセシリアから聞きましたが、具体的に何をどう言っていたか教えてもらってもいいですか？」

そう、これが今回の話の本題だったのだ。

ローランがどうして王国にくることになったのかももちろん重要だが、今回の主目的は彼から聞いた話の共有だった。

オスカーはローランから聞いた話をギルバートに話す。

二人を呼び出した理由。ローランにとってジャニスがどういう兄だったか。クロエのこと。もちろん『ジャニスが自死しようとしているかもしれない』というローランの推測も全《すべ》て話した。

「自殺ですか。普通《ふつう》の神経をしている人ならいざ知らず、彼がそういうことをする人には見えませんでしたけれど……」

「だな。それは俺も同意見だ」

「しかし、放《ほう》っておきにくい情報でもありますね。死ぬのならば勝手に死ねばいいって感じですが、死に場所や死に方によっては面倒《めんどう》くさいことになりかねませんし……」

先ほど、セシリアにも言った話だ。

他国の王族が自国で傷を負ったり亡《な》くなったりするのは、国際的にあってはならないことなのだ。発展すれば軍事衝突《しょうとつ》などもありえてしまう重大な問題である。

「それなら、俺たちも本腰《ほんごし》を入れて彼を捜すか？」

「そうですね。あれだけの人数が動いていて誰《だれ》も見つけられていないものを、俺たちが動いたところでどうにかできるとは思いませんが……」

そう言葉を切った後、ギルバートは「そういえば……」と何かを思い出したかのように顔を上げた。

「ジャニスの母親であるクロエって人はプロスペレ王国出身じゃないですか？」

「そうなのか？」

知らなかった事実にオスカーは驚いたように目を見開いた。

「おそらく、生家――コールソン家の遠縁《とおえん》の人間なはずです。コールソン夫人が自慢《じまん》げに言っていたのを何度か聞いたことがありますから。『うちの親戚《しんせき》には隣国《りんごく》の王にみそめられて嫁《とつ》いだ人がいる』って」

「そうか。その辺りは不勉強だったな」

「まぁ、嫁いだというか公妾《こうしょう》ですけどね。それでも名誉《めいよ》なことだと夫人は胸を張っていましたが……」

自分の産みの母親のことを『コールソン夫人』と呼ぶあたりに生家との確執《かくしつ》が見て取れるが、今そこは重要じゃないのだろう。彼の口ぶりはその先の不穏《ふおん》さを醸《かも》し出している。

「そこで、少し考えてみたんですが、クロエがおかしくなった原因はジャニスじゃないでしょうか？」

「どういうことだ？　ローランが言っていたように、クロエはジャニスを不憫《ふびん》に思い、ってことか？」

「いいえ、そういうわけではなくてですね。……つまり、クロエには『障《さわ》り』がついていたんじゃないかってことです」

その言葉に、セシリアはハッとしたように目を見開いた。

「ジャニスの十七歳の誕生日を皮切りにクロエはおかしくなったんですよね？　もしかするとその辺りでジャニスの力は開花したのかもしれません」

ギルバートはそう考えを吐《は》き出した後、「まぁ、意図的なのかそうじゃないのかは俺にもわかりませんが……」と続けた。

その翌日――

「ローランです。ノルトラッハから留学してきました！　祖国では民俗学《みんぞく》を勉強していて、この国の神話にも大変興味があります！　ですので、皆《みな》さんと一緒《いっしょ》にこの学院で学べることを心より嬉《うれ》しく思っています！　どうぞよろしくお願いします！」

セシリアたちと同じヴルーヘル学院の制服に身を包みながら、ローランはそう元気に自己紹介《しょうかい》をした。

場所はいつもお世話になっている食堂の中。ローランの前には、いつものメンバーがいた。モードレッドをのぞく騎士《きし》六人とヒューイ。そして、リーンである。もちろんセシリアも一緒だ。

案内を頼む際、ジェイドにはもうローランを紹介していたのだが、ギルバートの提案で、何かあった場合に協力を仰《あお》ぎやすいよう、みんなにも紹介することになったのだ。

もちろん身分の方は誰にも明かしていない。

みんなは突然《とつぜん》の留学生に少し驚《おどろ》いていたが、基本的に人のいい人間が揃《そろ》っているからか、すぐに受け入れてくれて『ノルトラッハから来たのだから、いろんなところを案内しよう』という話になった。

みんな少し、はしゃいでいるようだった。

「学院の方は、もうボクが案内したよ！」

「それなら、案内するのは街の方だね。ローラン、行きたいとこあんの？」

ジェイドが片手を上げながら少し自慢げにそう言うと、ダンテがローランの首に手を回し、彼の顔を覗き込む。

ローランはそんなパーソナルスペースゼロみたいなやりとりにも全く怯《ひる》むことなく「行きたいところ……」と顎《あご》に手を置いて考えを巡《めぐ》らせた。

そして逡巡《しゅんじゅん》の後、ハッと顔を跳《は》ね上げた。

「ここらへんで一番大きな図書館に行きたいです！」


そして一時間後、全員の姿は学院からさほど離《はな》れていない図書館の中にあった。

「わあぁあぁぁ！　素晴らしい！　素晴らしいです！」

そこはまるで、広くて長い、だけど明るい、トンネルのような場所だった。

トンネルと表現してしまいたくなるのは、どこまでも高い天井《てんじょう》が蒲鉾《かまぼこ》形にアーチを描《えが》いていたからかもしれないし、広い廊下《ろうか》のようなメインフロアの先が、先の見えないトンネルのようにどこまでも続いていたからかもしれない。

とにかくそこは、とてつもなく広くて長い場所だった。

トンネルのようなメインフロアから左右に伸《の》びる本棚《ほんだな》の列。吹《ふ》き抜《ぬ》けになっているメインフロアとは対照的に、本棚のところは二階建てになっており、天井にまでぎっしりと本が詰《つ》まっている。年代物の背表紙と真新しい背表紙がまぜこぜになっている様はまるで生物の新陳代謝《しんちんたいしゃ》がそこで行われているかのようだった。

「ここにはどのくらいの本があるんですか？」

「約二十万冊の本があるとされていますね」

「二十万冊！」

ここに日頃《ひごろ》から通っているのか、さらりと答えたギルバートに、ローランはさらに目を輝《かがや》かせた。

その様子に、ジェイドはローランを覗《のぞ》き込む。

「そんなに喜ぶってことは、ノルトラッハはあまり本が豊富じゃなかったの？」

「そういうわけではありませんが、ノルトラッハは紙一枚の値段がこの国よりも高いんですよ。ですから、本の値段がこちらよりも高く、種類も限られてきてしまうんです」

「そっかー」

「山も木も多い土地なので自国で紙を作ることができればまだ値段は抑《おさ》えられると思うんですが、いかんせんノウハウがまだ乏《とぼ》しいんですよね」

そんなやりとりをしている後ろで、ダンテが少しがっかりしたような声を上げる。

「本かー……」

「なんだ、面白《おもしろ》くなさそうだな」

オスカーにそう指摘《してき》され、ダンテは唇《くちびる》を窄《すぼ》めた。

「だって俺、本に興味ないもん。読んでたら眠《ねむ》たくなるし、夢物語よりも現実の方が好きだし」

「ある意味お前らしいな」

「それに、どうせ連れてくなら、ちょっと羽目を外せるようなところ連れてってみたかったなぁって！　ほら、ローランってどこからどう見てもいいところのお坊《ぼっ》ちゃんじゃん？　そういうところ免疫《めんえき》ないと思うから、反応楽しみにしてたのになぁー」

「お前の周りにいる人間は、お前のおもちゃじゃないんだぞ？」

「マジで？　知らなかったー！」

「お前な……」

おどけるダンテにオスカーは疲《つか》れたような声を出す。

そんなやりとりの一部を背中で聞いていたのだろう、ローランは身体《からだ》を回転させて、二人に向き合った。

そして、純真無垢《むく》な汚《けが》れなど知らないような瞳《ひとみ》を彼に向ける。

「ダンテ……でしたよね？　私をどこに連れて行ってくれるつもりだったのですか？　羽目を外せるところって具体的にはどこになるんですか？」

「えー、聞きたい？」

「聞きたいです！」

本当に純粋《じゅんすい》に面白いところに連れて行ってくれると思っている彼は、胸元《むなもと》に手を置きながら何度も頷《うなず》いて見せる。

「ローラン、こいつの話は聞かなくて――」

「そうだなぁ、それじゃどこがいい？　具体的には三つ考えてたんだけど……」

「三つもですか？」

「気持ちよくお財布《さいふ》をすっからかんにできるところと、気持ちよく女の子とおしゃべりできるところと、単純に気持ちよくなれるところ。あぁ、若干《じゃっかん》法律ギリギリのところもあるんだけど、その辺は気にしないで！　ちゃんと網《あみ》の目をかいくぐらせてあげるから！」

「クズですね」

「クズだな」

「クズだね……」

ギルバート、オスカー、ジェイドの順で同じ評価をもらうが、ダンテは全く動じることなく「やだなぁ、そんなに褒《ほ》めないでよ」と悪い笑《え》みを浮かべた。

人を疑うことを知らないのか、それともダンテの言葉をそのままに受け止めているのか、ローランは悩《なや》ましげな声を出した。

「どこがいいでしょうか。どこも気になるんですが……。ではまずは、お財布を――」

「はいはい。ダンテの言うことは真に受けんな！」

「ローラン、あっちの方に民俗学の本あったよ？」

アインとツヴァイがそう言ってダンテから引き離し、ローランは「わ！　ありがとうございます！」と嬉しそうな笑みを浮かべる。

そんな彼らを見つめながら、セシリアは苦笑いをこぼした。

隣《となり》を歩くのはリーンである。

「なんかみんな楽しそうだね」

「そうね。なんだかんだ言ってみんなお人好《ひとよ》しだから、どこからどう見ても訳ありのローランをほっとけなかったんでしょ？」

「そんなにローラン、訳ありに見える？」

「アンタがノルトラッハから帰ってきた翌日からいるのよ？　どう考えても訳ありじゃない。アンタが連れて帰ったって時点で相当な訳あり案件だなってみんな感じるわよ」

「あはは……、そっか」

申し訳ないような頼《たの》もしいような気持ちが胸の中を占拠《せんきょ》する。

視線の先ではアインとツヴァイに手を引かれたローランが目当ての本を見つけて飛び上がっていた。そして本を取ろうと梯子《はしご》をのぼり、そんな彼をヒューイが慌《あわ》てて支える。そして、ギルバートが彼のことを叱《しか》っていた。きっとあれは「あまり危ないことをしないでください！」とでも言っているのだろう。

「アインとツヴァイには言った方がいいのかな」

「何を？」

「ローランの出生……というか、身分？」

はっきりと確定したわけではないが、アインとツヴァイの母親が死ぬことになった原因は、おそらくジャニスだ。そんな彼の弟であるローラン。その事実を二人に隠《かく》したまま友人付き合いをさせてもいいものなのかとセシリアは悩んでいたのだ。

思い悩むようなセシリアの表情に、リーンはカラッとした声を響《ひび》かせる。

「やめときなさいよ。そんなこと言ったって、誰《だれ》も得しないでしょう？」

「それはさ、そうなんだけど」

「正直でいることだけが優《やさ》しさじゃないわよ。ジャニスの件はローランが悪いわけじゃないし、アインとツヴァイだって、仲良くなれるかもしれない人間を色眼鏡で見たいわけないじゃない」

「そう、だよね」

それでも、とも思うのだ。

自分の大切な人を殺した人間の親族と仲良くしたいと思う人間がいるのだろうか、と。

過酷《かこく》な経験すぎて、自分の身に起こったら……なんて考えられる次元ではないのだけれど、それでも想像の中の自分はそれをきちんと受け止められる気がしないのだ。リーンが言うこともわかるが、それならば最初から距離《きょり》を取らせておいた方が幸せなんじゃないのだろうかと考えてしまう。

「アンタは黙《だま》って、見守ってればいいのよ。それで、もしバレたらアンタが悪役になればいいだけじゃない」

「悪役？」

「どうして教えてくれなかったんだって罵《ののし》りをちゃんと受け止めて、アインとツヴァイに軽蔑《けいべつ》の目で見られたらいいわ。頰《ほお》を一発ずつでも殴《なぐ》らせればいいじゃない！」

「気軽に言うなぁ」

「でも、それが私の考えうる最大の優しさよ。『仲良くできるかもしれない』って可能性を潰《つぶ》す行為《こうい》の方が私にとってはずっと優しくないし、悪だわ」

どちらが正しいとか、そういうものはこれにはないのだろう。ただ、自分自身の答えをはっきりと決めている彼女がセシリアには眩《まぶ》しく思えた。

「リーンって、大人だなー」

「アンタはいつまで経《た》っても子どもよね？」

「ひどい！」

「ひどくないわよ。褒めてるんだから」

リーンはセシリアの方を見ると、ふっと表情を和《やわ》らげる。

「大人なんていつでもなれるのよ。子どものままでいることの方がずっと大変なんだから、アンタはずっと子どもでいなさい」

その言葉にセシリアは目を瞬《しばたた》かせた後、「やっぱりリーンは大人だなぁ」と苦笑を滲《にじ》ませた。


その後、しばらくは図書館で自由時間ということになった。他《ほか》にも行くところがあるので時間は一時間ほど。

本ばかり並んでいる空間に飽《あ》きたのだろう、ダンテはヒューイを連れて図書館の外に出かけ、リーンは「こういうところの方が、執筆《しっぴつ》は捗《はかど》るのよね！」とどこに隠していたのかわからないノートとペンを取り出し、机についた。オスカーはローランに強請《ねだ》られ本を探す手伝いをし、ジェイドはアインとツヴァイに勉強を教えている。

一人になったセシリアは、目当ての本を探しながら図書館内を歩いていた。

「並べ方がいまいちわかんないんだよなぁ……」

ヴルーヘル学院の図書館にならば何度か行ったことがあるのだが、この図書館は初めてだった。並んでいる本の多さはすごいのだが、いかんせん何がどこに置いてあるのか判別が難しい。作者ごとでもなければ本のタイトルごとでもないのだから、きっと種別に分けて置いてあるのだろうと思うのだが、目当ての本がどこに分類されているのかいまいちわからないのだ。しかも本は天井《てんじょう》までびっしり。探しているだけで一時間なんてあっという間に過ぎてしまいそうである。

(えっと、料理の歴史みたいな本があそこにあるから、多分ここのあたりだと思うんだけど……)

本棚《ほんだな》の上の方を見上げながら足を進めていたからだろう、セシリアは思いっきり誰かの背中にぶつかってしまう。

「——って、わわっ！」

ぶつかった人物が振《ふ》り返り、肘《ひじ》が彼女の肩《かた》を押した。その瞬間《しゅんかん》、足元がふらついて、身体《からだ》がバランスを崩《くず》す。

「ちょっ！　わっ！」

「あぶ——」

後ろにこける直前、そのぶつかった誰かがセシリアの腕《うで》を引いた。そのおかげでセシリアの身体は床《ゆか》に打ち付けられることなく、なんとかバランスを持ち直す。

「大丈夫《だいじょうぶ》？」

「え？　ギル……」

声をかけられて初めて気がついた。セシリアがぶつかった人物はギルバートだったのだ。

彼はセシリアの肩をしっかりと摑《つか》んで彼女を立たせた後、「どこかぶつけたりしなかった？　肩は平気？」と気遣《きづか》ってくれる。セシリアはそれに「大丈夫」としっかり頷《うなず》いた。

ギルバートはほっと息をつく。

「そういえば、ギルはなんでこんなところにいるの？」

「ちょっと探したい本があってね。セシリアは？」

「私も本を探しているんだけど、見つからなくて……」

あはは……と恥《は》ずかしげに頭を掻《か》くと、彼はセシリアが先ほどまで見上げていた場所を見つめる。

「なんの本？　ここのことは少し詳《くわ》しいから、よかったら探してあげるよ。……あの辺を見上げてたってことは、料理の本かな？」

「うん！　お菓子《かし》のレシピとか載《の》ってる本がいいんだけど！」

覇気《はき》のある声でそう答えると、ギルバートの視線がセシリアに戻《もど》ってくる。最初、彼の目は驚《おどろ》いたように大きく見開かれていたが、やがて半眼になり、なぜかじっとりと御《ぎょ》し難《がた》いものを見るような目に変わってしまう。

「なに？　お菓子作りでもするの？」

「うん！　せっかくだからローランに良《い》い思い出作ってもらおうと思って！　だけど、そういうレシピ本みたいなのってどこにあるのかわからなくてさ」

「……」

「どうしたの、ギル？」

「なんでもない」

ギルバートの態度は終始何かを言いたそうだったが、結局彼の口から言葉が飛び出すことはなかった。その代わり、「それならこっち」と踵《きびす》を返して案内をしてくれる。

「そういう本はこのへんだと思うけど、……何が作りたいの？」

「フィナンシェとかいいんじゃないかなぁって！　カヌレとかも興味があるんだけど」

「そういう難しいのじゃなくて、まずはクッキーとか簡単なものを作った方がいいんじゃない？」

「クッキーかぁ……」

確かにフィナンシェやカヌレなんかよりは簡単そうだが、やるならとことん難しいのにチャレンジしてみたいという、無謀《むぼう》な冒険《ぼうけん》心がセシリアの胸をジリジリと焦《こ》がす。

「あれぐらいなら俺でも作り方わかるし、手伝うからさ」

「本当？　でも、どうせなら一人で作りたいしなぁ」

「今回は一人ってのはやめておいたら？　ローランは変なもの出して怒《おこ》るような人じゃないだろうけど、せっかくうちに来たんならできるだけ美味《おい》しいもの食べてもらいたいじゃない？一人よりも二人の方が成功率も高いと思うよ？」

「それもそうだね！　私一人で作ったやつは、また別の機会に渡《わた》せばいいんだし！」

「そうそう」

うまく乗せられているとも知らず、セシリアはそう納得《なっとく》した。

「それじゃ、クッキーの作り方とか書いてある本を借りないと！　どこら辺にあるかなぁ……」

「これじゃない？」

ギルバートがセシリアの背中側にある本棚に手を伸《の》ばす。本棚にもう片方の手をついて、少し背伸びをすると、彼の腕の中にすっぽりとセシリアは収まってしまう。

見上げた彼の輪郭《りんかく》に、セシリアの胸が僅かに音を立てた。

「はい。……って、どうしたの？」

そう彼が聞いたのは、セシリアが呆《ほう》けたようになっていたからだ。

「いやぁ、なんて言えばいいのかな。ギルって大きくなったんだなぁって実感しまして」

「大きくなったって、そんな今更《いまさら》……」

「だって、昔は私よりも小さかったんだよ？　身長だってこんなんだったし！」

こんな、と言って手のひらで示したのは膝《ひざ》より少し高い位置だ。ギルバートは彼女の仕草に軽くふきだす。

「俺がそのぐらいの時は、セシリアもそのぐらいだったよ」

「それはそうなんだけど……」

セシリアは視線を下げると唇《くちびる》を尖《とが》らせた。

「なんだか少し寂《さび》しいなぁって」

なんだか一人だけ勝手に大きくなられた感が否《いな》めないのだ。少なくとも身長が今の膝丈《ひざたけ》ぐらいだったころは、セシリアの方が精神的にも肉体的にも上だったように思う。なのに今は彼の方が一回りも二回りも大きいし、大人だ。

「でも、俺は大きくなってよかったって思うよ。だってほら、小さくて弱いままだと、セシリアのこと守ってあげられないでしょ？」

「私だって守ってあげたいって思うのに！」

「なんでそこで張り合うのさ」

耐《た》え切れずといった感じでギルバートは笑う。その笑いが馬鹿《ばか》にされているような感じがしてセシリアはますます頬《ほお》を膨《ふく》らませた。

ギルバートはそんな彼女に目を細めた後、先ほど手に取ったレシピ本を「はい、どうぞ」と差し出した。

セシリアは少し納得がいっていないような表情でそれを受け取る。「ありがと」と言う声はちょっと拗《す》ねていた。

「そういえばさ、今度の休日って空いてる？」

「えっと、空いてるよ！　確か何も用事なかったはず！」

「もしよかったら今度の休み、デートしない？」

「え？　ギルどこか出かけたいところがあるの？　あ、わかった！　クッキーの材料を買いに行くの？」

「別にそういうわけじゃないけど。久しぶりに一緒《いっしょ》に出かけたいなぁって。だめ？」

「だめじゃないけど……」

こんなふうに甘えられたのが久しぶりすぎて、セシリアは曖昧《あいまい》な返事をしてしまう。そんな彼女の返事に焦《じ》れたのかもしれない、彼は「じゃ、予定空けておいてね」と無理やり予定をねじ込んできた。

「え、ギル――」

「ギルー！　ここちょっと教えてー！」

図書館にもかかわらず、大きな声でジェイドがギルバートを呼ぶ。

ギルバートはそんな彼に一瞬《いっしゅん》だけ目を向けると、すぐさまセシリアの方に向き直った。

「それじゃ」

「あ、うん」

セシリアは本を持ったまま、去っていくギルバートを見つめた後、首を傾《かし》げた。

（なんか、甘えたかったのかな……）

「ギルバートも積極的になったわねぇ。私がいるってわかってるのに誘《さそ》うだなんて……」

「へ。リーン!?」

本棚と本棚の隙間《すきま》から顔を覗《のぞ》かせたのは、リーンだった。彼女の手には執筆《しっぴつ》に使うためだろうか、何冊か本が抱《かか》えられている。

「アンタも、あんなにあっさりとＯＫするなんて思わなかったわよ。いや、最終的には行くと思っていたけれどね」

「なんのこと？」

「なんのことって、デートよ」

「デート？」

「ギルバートにさっき誘われてたでしょう？」

「へ？」

セシリアは首を傾げたまま、先ほどのギルバートの言葉を頭の中で反芻《はんすう》する。

『もしよかったら今度の休み、デートしない？』

「え？　デートって、デート？」

「そうね。少なくともギルバートはそのつもりで誘ったんじゃない？」

固まっていたのは、二、三秒の間。

セシリアは顔を真っ赤に染め上げて「ど、ど、どうしよう!!」と狼狽《うろた》えた声を出しながらリーンの両肩《りょうかた》をぎゅっとつかんだ。

「どうしようって言われても、了承《りょうしょう》したんだから行くしかないでしょ？　それとも『やっぱりやめよう』とか言うわけ？」

「そ、それは……」

さすがにそれは失礼だろう。断るなら先ほどの段階だったはずだが、てっきり二人で出かけたいだけだと思っていたので、そういう意味のデートだと思わなかったのだ。

固まるセシリアに、リーンはさらに追い打ちをかけてくる。

「ま、何事も経験よ！　デート、頑張《がんば》ってきなさい！」

ヘイ・シレ、デートの仕方を教えて。

と、前世の「音声認識機能」に相談したくなるぐらいには、セシリアは追い詰《つ》められていた。

とはいえ一度行くと言ってしまった手前、行かないと言うわけにはいかない。

デートの日に指定された休日の朝。セシリアはベッドに自分の持っている服を広げて頭を悩《なや》ませていた。

待ち合わせ場所と時間はギルバートがあらかじめ伝えてくれていた。昼からなのでまだ時間はあるが、だとしてもそろそろ準備を始めなくては、間に合わない。

「でも、デートって、何を着れば……」

そもそも男の格好で行くべきなのか女の格好で行くべきなのかそれさえもわからない。デートと言っているのだし、おめかしはしていくべきだろうが、着飾《きかざ》った男が二人街中を並んで歩くというのはどうなのだろうか。ギルバートが変な勘違《かんちが》いをされても可哀想だし、もしかすると女性の格好で待ち合わせ場所に来ることを彼は望んでいるのかもしれない。

「いやでも、そもそも女性の格好でこの部屋から出られる⁉　無理じゃない⁉」

ここは男子寮《りょう》だ。いきなり男子寮から女性が出てきたら、そりゃみんなびっくりするだろう。

それなら普通《ふつう》に男性の格好か。セシリアは念のためにと実家から持ってきていた女性もののドレスをクローゼットの中にしまうと、またベッドの前で腕《うで》を組む。

「男性の格好なら男性の格好で困るわよね……」

どんな格好が適切か。デートに見合うのか。

というか、こんなことで悩むなんて前世今世通してはじめての経験だ。

「うぅ。もう、制服で行っていいかなぁ。……だめだよね」

そんな言葉を漏《も》らした直後、部屋の扉《とびら》がノックされた。セシリアが「はーい」と返事をすると、珍《めずら》しくツヴァイが顔を覗かせる。

「どうしたの？」

「なんか、リーンさんがセシルに話があるって」

「俺に？」

「うん。『今すぐ来てくださいな』って」

突然《とつぜん》の呼び出しに、セシリアは目を瞬《しばたた》かせるのだった。


デートしよう。

そう誘っても断られないだろうという予感はどこかにあった。でもそれは自惚《うぬぼ》れと言ってもいいような経験則で、彼女がデートのことをデートだと認識《にんしき》できていないからできる予測だった。

でもだからこそ期待はしていなかった。断られないとわかっているからこそ期待はできなかった。こっちがいくらデートという気持ちでいても、相手はきっと『二人で出かける』くらいの認識しかないのだろう。

そう思っていたからだ。

デート当日。待ち合わせ場所である時計台の前。

そんな達観しているギルバートを待ち合わせ場所で待っていたのは、予想だにしない『嬉《うれ》しい誤算』だった。

「あ、ギル！　……やっときたー！」

そのはしゃいだような声には聞き覚えがあった。青色の瞳《ひとみ》も今までに幾度《いくど》となく見たことがあるもので、太陽のようなその笑顔《えがお》も、令嬢《れいじょう》らしくない落ち着きのない雰囲気《ふんいき》も、確かに彼女のものだった。

ただ髪《かみ》の毛の色が黒茶なのがいつもと違《ちが》っていて、それがどうしようもなく気になった。

いいや、本当はもっと気になることがあったのだが……。

ギルバートの唇《くちびる》は、頭の中に浮《う》かんだ疑問をそのまま口にする。

「……なんで女性の格好？」

「えへへ。リーンがね、用意してくれたんだ！」

そうはにかむ彼女はどこまでも可愛《かわい》らしい。

セシリアの格好はいつもの男の姿ではなかった。黒茶色の長い髪にフリルのついた水色の動きやすそうなドレス。手に持っている小物から足元の靴《くつ》まで、どこからどう見ても女性である。髪の毛が地毛ではなく黒茶色のかつらなのは、きっと誰《だれ》かに見つかってしまっても大丈夫《だいじょうぶ》なようにだろう。

セシリアはうれしそうな顔でくるりと回ってみせる。

「これ可愛いでしょ？　リーンの手作りなんだよ！　本当にいつも思うけど、リーンってば器用だよねぇー」

よほど女性の格好をしていることが嬉しいのだろう、彼女は終始ご機嫌《きげん》だ。

ギルバートが聞きたいのはどうしてそんな格好をしているかなのだけれども、彼女の耳には

先ほどの質問は届いていないようだった。

（単なるいつもの思いつきかな……）

セシリアが女性の格好をしていることを、ギルバートはそう結論付けた。

こんなに長く一緒《いっしょ》にいるのに、彼女はたまに自分が思いつかないような突飛《とっぴ》な行動をする。きっとこれもその一種だろう。

なんだか感想を待っているようなセシリアの視線に、ギルバートは意識を彼女のドレスの方に向ける。

自分とオスカーが着た時も思ったが、リーンが作るドレスのデザインはなんだかあまり見たことがないようなものが多い。それが彼女の持つ前世の記憶《きおく》のせいなのか、それとも彼女自身の独特な感性によるものなのかはわからないが。彼女が作るドレスはセシリアの可愛らしさや無邪気《むじゃき》さをとてもよく引き立てていた。

「ほんとうだね、よく似合ってる。ドレスの色は瞳の色に合わせたのかな？」

「そうなのかな。そこまで聞いてないからわかんないや」

「綺麗《きれい》だよ」

本当は『可愛い』という方が正しいのだが、それを言ってしまうと彼女が『子どもじゃないんだから！』と少しむくれてしまう気がして、二番目に頭に浮かんだ感想を述べる。すると彼女はニッと歯を見せて笑い「ありがと」と肩《かた》をすくませた。

やっぱり可愛い。

「でも、朝いきなり呼び出されるから何事かと思ったよー。まさか『デートなんだから、少しは着飾りなさい！』って女性の格好をさせられるとは思ってなくてさー」

「え？」

呆《ほう》けた声は反射的に出た。

彼女は自分の発言の意味に気がついていないようで、朝にリーンとどんな会話をしたとか、学院を出る時が一番大変だったとか、そんな感じの話を身振《みぶ》り手振りを交えながら話して聞かせてくれる。

「……でね、すっごく大変だったんだから！」

「もしかして、デートだから着飾ってくれたの？」

「へ？　……あ」

そこでようやくセシリアは自分の発言に気がついたようだった。瞬間《しゅんかん》、彼女の頰《ほお》は、ぽっと赤くなり、目が泳ぎだす。今の今まで可愛いドレスが着られたことに興奮していて自分の状況《じょうきょう》を失念していたらしい。

（というか……）

デートだと思ってくれていたことが、彼女が着飾ってきてくれたことよりも、何より嬉しかった。

セシリアは何か言い訳をしたいのか口の中でゴニョゴニョ言っていたが、やがて諦《あきら》めたようにひとつ息を吐《は》き出すと、ギルバートに向き合った。

彼女の顔は変に赤い。きっと照れているのだろう。

「そうって言ったら、笑う？」

「ううん。……嬉しいよ」

その答えが何か不服だったのか、彼女の唇はとんがった。

けれど怒《おこ》ったわけではなさそうなので、『ギルの方が大人みたい！』と意味のわからないことで少し拗《す》ねているだけなのだろう。

「それじゃ、行こうか」

さすがに嫌《いや》がられるだろうなと思いながら腕を差し出せば、彼女は一度目を瞬かせた後、「うん」と事もなげに言って、腕に手を絡《から》ませてきた。

自分で誘《さそ》ったくせに、思ってもみない行動に頬がじんわりと熱くなる。彼女はそれを覗《のぞ》き見て「どうしたの？　顔赤いよ？」と首を傾《かし》げるのだった。


「セシリアはどこか行きたいところある？」

ギルバートがそう聞いてきたのは、歩き始めてしばらく経《た》ってからだった。

その問いにセシリアは、顎に指を当てる。

「うーん、特に思いつかないんだよなぁ。ギルは本当に行きたいところないの？」

「うん。今回の目的はセシリアと一緒に出かけることだからね。もう目的は果たせてるから、行きたい場所ってのは特に」

「そっかー」

「でも、リードさせてくれるって言うんなら、色々考えてきてはいるよ？　デートだしね」

ギルバートにそう覗き込まれ、セシリアの足は止まりかける。同時にこれはデートなのだと妙《みよう》に実感してしまう。彼と出かける事はさして珍《めずら》しくない。実家にいた時もたまにこうやって二人で出かけていたし、自分の用事に付き合ってもらった事は何度もある。

やっている事は変わらないのに、それにデートとつくだけで、変に胸がざわついた。

「殿下《でんか》に抜《ぬ》け駆《が》けされた感じだったからね。俺も頑張《がんば》らないとなぁって」

「抜け駆け？」

「まさか二人で旅行に行くなんて思わなかったし」

「ソ、ソウデスネ……」

責められているような口調にセシリアは申し訳なさそうに視線を下げた。心配させた事は悪かったが、旅行に行ったこと自体にはギルバートに謝るような事は何もない。しかし、それでもなんだか罪悪感が頭をもたげた。

「ノルトラッハ、楽しかった?」

「え?」

驚《おどろ》いたような顔になったのは、ギルバートの声が思った以上に柔《やわ》らかかったからだ。いつもの彼だったら、しばらくはピリピリとした雰囲気を纏《まと》わせていただろうに、今の彼の雰囲気はどちらかと言えば穏《おだ》やかである。

そんなギルバートの表情に疑問を感じる前に、彼は苦笑《くしょう》を浮かべた。

「まだちゃんとお土産話《みやげばなし》聞いてなかったでしょ? 結構遠いところに行ったんだし、セシリアが楽しかったならよかったなぁって」

「うん。楽しかったよ!」

セシリアがそう答えると、ギルバートは目を細めた。

二人はそのままカフェに入る。

そして、遅《おそ》めの昼食をとりながら他愛もない話をした。旅行のことから始まって、旅行に行っていた間の学院の話。『学院の王子様』が不在の学院はやけに静かで、特に女生徒たちは、終始元気がなかったらしい。あまりの静けさに学院の先生たちが心配して、カウンセラーの先生をしばらく学院に置いていた、という話を聞いた時は、もう苦笑いを超えて心苦しくなった。

ギルバートがどう過ごしていたかの話になった時は、「とにかく心配していた」が言葉の端々に表れていて、本当にすごく申し訳なくなったし、それだけ大切に思われているという事実にありがたくも、嬉しくもなった。ジェイドなどは「ボクもノルトラッハに行きたかったー！」と、とにかく羨ましがっていたらしく、ダンテがオスカーのことを心配していつもより少しソワソワしていたなどと聞いた時は、それを察せられるぐらいギルバートは周りに打ち解けてきているんだな、とちょっと嬉しくなったりもした。

そんなこんなで一時間ほどカフェで話をした二人は、その後セシリアが気になっていた雑貨屋とショコラトリーを見て回って、最後には部屋に飾《かざ》る花を見繕《みつくろ》った。

セシリアはリーンへのお土産にと買ったショコラの箱を抱《かか》えながら、ほくほくとした笑みを滲《にじ》ませる。

「なんかこうしてるとさ、実家にいた頃《ころ》を思い出さない？」

「そう？」

「うん！　よくこんなふうに一緒に出かけたよね」

ギルバートの言葉に、セシリアは思い出に浸《ひた》るように瞳《ひとみ》を閉じる。

前世を思い出して以来、社交界に出なくなったセシリアは、同世代の友人を作る機会もなく、どこに出かけるのにも基本的にいつもギルバートと一緒だった。いや、正確には、セシリアは一人で出かけようとしたのだが、家族とギルバートがそれを許してくれなかったのだが。

「あ！　そういえばすっごく小さい時、ギル、野犬に襲《おそ》われたことがあったわよね？」

「あぁ、あったね」

当時のことを思い出したのか、ギルバートは困ったように目尻《めじり》を下げた。

あれはセシリアが七歳で、ギルバートが六歳の頃。新しいベーカリーができたということで、父親に頼《たの》んで馬車で屋敷《やしき》から少し離《はな》れた店に家族で向かった時だった。

あの頃は、ギルバートが自分でついて来たというよりは、家族としての時間を増やそうとセシリアが色々企画《きかく》して彼を連れ回していたという側面もあり、ギルバートもさほど乗り気じゃない感じでついて来ていたのだが……

「お父様とお母様が離れた隙《すき》に野犬がやってきて、ハンス兄とかも対応してくれたんだけどさー」

犬は兵士たちの脇《わき》をすり抜けて、ギルバートの持つパンの入った袋《ふくろ》に飛び掛《か》かってきた。

「あの時はセシリアが助けてくれたんだよね？」

「うーん。でも、助けたって感じじゃなかったけどね」

セシリアがやったのはギルバートの持っているパンの袋を奪《うば》い、放《ほう》り投げたことだけだった。犬がパンを狙《ねら》っている事はわかりきっていたので、彼を守るために咄嗟《とっさ》にセシリアが動いたのである。

その時のことを思い出したのだろう、彼女はショコラの箱を抱えたまま、ふぅっと息をついた。

「でも、あの頃はまだ私がギルのこと守ってたって感じだったのになー。いつの間に逆転しちゃったかなー」

「結構こだわるね。でも、そんなこと言ったってしょうがないでしょ」

「ギルにはこの虚《むな》しさはわからないんですー！」

そう言って唇《くちびる》を尖《とが》らせた時、不意にオスカーとの会話が頭の中に蘇《よみがえ》ってきた。

ノルトラッハに行くときに馬車の中でしたものだ。

『しかしまぁ、お前もなんだかんだ言って、随分《ずいぶん》と過保護だよな。ギルバートに』

『そうかな？』

『自分が危険な目に遭《あ》うかもしれない事態とアイツの立場を天秤《てんびん》にかけて、ギルバートが勝つんだから、そういうことだろう？』

『そう、なのかな？　自分ではよくわからないや。……なんていうか、ギルは「守ってあげなくっちゃ！」って思うんだよね！　実際は守られてばっかりなのが情けないんだけどさ』

そうだ。ギルバートのことはずっと守りたいと思っていた。

ゲームでの彼の不遇《ふぐう》さを目の当《ま》たりにしてから。

転生した後に彼の不憫《ふびん》さに向き合ってから。

セシリアはずっと彼のことを守りたいと思っていた。

（オスカーには守りたいって気持ちはないんだよな）

その代わり、背中を預けても良《い》いという安心感がある。

ノルトラッハに行くということになってすごく不安だったけれど、彼が一緒《いっしょ》だと知って、本当にこれでもかというほど安心したのだ。気持ちが楽になった。

きっと他《ほか》の誰《だれ》が一緒に行くという話になっても、ここまでは安心しなかっただろう。

だからこそ、メイド服でジャニスの部屋に突撃《とつげき》するといった無茶もしてしまったのだが……

(最初はあんなに怖《こわ》かったのになー)

本当に不思議である。

そこまで考えて、セシリアはふと何かを思い出したかのように顔を跳《は》ね上げた。

「そういえば！　ギル、午前中の用事、無事に終わった？」

ギルバートは午前中にローランから聞いた『プロスペレ王国でジャニスがいそうな場所』を捜していたのだ。と言っても、場所も広範囲《こうはんい》だったため、実際に捜していたのはシルビィ家が雇《やと》った人間で、ギルバートはその報告を聞きに行っただけではあるのだが。

「うん。全部空振《からぶ》りだったけどね。まぁ、どうせ潜《ひそ》んでるならこの辺だろうから、空振りでも別にしょうがないんだけど……」

「え!?　ジャニス、この辺に潜んでるの？」

「潜んでたら、の話だよ？　ジャニスの目的がこの国の転覆《てんぷく》なら、王宮がある首都の方が色々と行動しやすいでしょう？」

確かに、マルグリットの宝具には移動できるようなものもあったはずだが、それでも実際にこちらにいた方が彼らにとっては都合がいいだろう。

「問題は、それを国王様もわかっているのに、いまだに彼の行方《ゆくえ》が摑《つか》めないってことなんだけど」

もしかすると、彼らが姿を隠《かく》しているのはマルグリットの持つ宝具によるのかもしれない。

しかし、彼女の持つ宝具の全容はセシリアにもわからないし、神殿《しんでん》の方でもわからないというのだ。というのも、マルグリットが神子《みこ》に選ばれた時、他の候補はなく、選定の儀《ぎ》も簡略化して行われたため、誰一人として彼女が宝具を使っているところを見たことがなかったというのだ。

(本当にジャニスはどこにいるんだろう)

そして、マルグリットはどこにいるのだろうか。

そんなことを考えながら歩いていると、隣《となり》を歩いていたギルバートが「ん?」と両眉《りょうまゆ》をあげた。セシリアも彼の視線を辿《たど》るように同じ方向を見てみる。すると、街のはずれにある建物に入るため、多くの人が並んでいるのが目に入った。

「何か新しいお店でもできたのかな」

店の前に二十人ほどの行列。並んでいるのは女性が多かった。男性もそこそこいるが、八割方女性である。その誰もがセシリアたちと同じような年齢《ねんれい》の子だった。

彼女たちは頬《ほお》を染めながら何やら興奮した様子で一緒に並んでいる友人たちと話をしている。

「ちょっと、どんなお店なのか見てみる？」

ギルバートの提案に、セシリアは「うん！」と元気に頷《うなず》いた。

列を辿ってみると、一つのこぢんまりとしたお店に行き着いた。建物と建物の隙間を埋《う》めるような細長い建物の一階。奥まったところにある木の扉《とびら》はなんの変哲《へんてつ》もないもので、どこにでもあるアパートメントの入り口のようにさえ見える。

しかし、一般《いっぱん》的なアパートメントにはないものがひとつ。それは六芒星《ろくぼうせい》が描《か》いてある布だった。入り口の横には白い六芒星が描いてある小さな紫色《むらさきいろ》の布が吊《つ》り下げられていた。おそらく、あの布は看板のような役割をしているのだろうと予測できた。

「あぁ、ここか」

妙《みょう》に納得《なっとく》がいったような声で言ってギルバートがうなずく。セシリアは彼を見上げながら「知ってるの？」と首を傾《かし》げた。

「なんか最近、アーガラムによく当たる占《うらな》い屋ができたとか聞いたことがあって」

「あ！　それ、私も聞いたことがある！」

セシリアは少し前に聞いたリーンの言葉を思い出していた。

『そういえば最近、街で占いが流行《はや》っているらしいんだけど。そこに行ってみる？』

あれはギルバートとオスカーがリーンの策略にはめられてドレスに着替《きが》えさせられた時であ

る。

着替える二人を残して空き教室を後にしたリーンとセシリア。その道中の会話で、なぜかギルバートとオスカーのどちらを選ぶのかの話になり、決められないなら占いでも行ってみる？　という話になったのだ。

もちろんそんなのは不誠実だからと、その時はお断りしたのだが……

「行きたい？」

そう言いつつ顔を覗《のぞ》き込まれて、ちょっと迷った。

あまり占いなんて信じるタチではないけれど、気にならないと言ったら嘘《うそ》になる。前世でもテレビで流れる朝の占いは毎日チェックする方だったし、買った雑誌に載《の》っている占いには一応目を通していた。

「でも、ギルってこういうのあんまり興味ないんじゃないの？」

「確かにあんまり興味はないけど、セシリアが行きたいんだったら付き合うよ。それに、こういう時でもないと占いなんてしないだろうから、良《い》い機会かもしれないし」

「それなら、行ってみようかな」

占いは純粋《じゅんすい》に気になるし、そんなによく当たる占いなら、ジャニスのことを聞いてもいいかなと思ったのだ。こんなに捜しても見つからないのだから、もう運に頼《たよ》るしかないだろう。占いを鵜呑《うの》みにすることはないだろうが、何か助言でもあれば事態が好転するかもしれない。

そうして二人は列の最後尾《さいこうび》に並んだ。セシリアたちが列に並ぶ頃《ころ》には、人数ももうだいぶ少なくなっていた。

出て来た女の子たちの「すごいよね」「あんなに当たるなんて思わなかった!」という声を聞きながら、二人は順番を待つ。そうして数十分後、ようやく二人の番になる。

入り口に立つ男性の「どうぞ」という声に促《うなが》され木の扉を開けると、薄暗《うすぐら》い室内に真っ黒い布が二枚、天井《てんじょう》から床《ゆか》まで垂れ下がっていた。布は厚く、その先は全く見えない。

布の奥から一人の女性が顔を覗かせる。ストンとしたまっすぐの髪《かみ》に、黒いローブ。どこか怪《あや》しげな雰囲気《ふんいき》を持つ彼女は、二人を見てなぜか少しだけ驚《おどろ》いた顔になった。

しかしそれも一瞬《いっしゅん》の事、彼女は中にいるだろう占い師に何やら話しかけた後、「こちらへどうぞ」と分厚い布を横にずらして二人を誘《いざな》った。

布の奥には人が一人、円卓《えんたく》の前に座っていた。人と表現したのは、そこにいる人物が男性か女性か判別がつかなかったからだ。顔を見せたくないのか、はたまたそういう演出なのかはわからないが、その人は黒いローブのフードを目深《まぶか》に被《かぶ》っていた。ローブのそでから覗く手も女性のようであり、男性のようでもあった。

「お座りになってください」

先ほど布を横にずらした女性が二人の後ろでそう言って席をすすめた。

その瞬間——

（あれ？）

セシリアは僅《わず》かな違和感《いわかん》を覚えた。何に関して覚えたのかわからないほど僅かな違和感。目の前に座る人物になのか、後ろで控《ひか》えている女性になのか、はたまた自分たちが座った椅子《いす》になのか、この建物自体になのか。全くわからないが、確かに覚えたのだ。どうしようもない違和感を。

「今日はなにを占いましょうか？」

目の前の占い師がそう問いかけてきて、また胸がザワザワとざわめいた。なんなんだろう、この焦燥感《しょうそうかん》に似た妙な抵抗感《ていこうかん》は。

「どうかしましたか？　私の顔に何かついていますか？」

「セシリア？」

異変を感じとってギルバートがセシリアの顔を覗き込む。

セシリアは自身の直感を振《ふ》り払《はら》うように首をぶんぶんと振った後、「あの、捜している人がいまして……」と相談内容を口にした。

占い師は「尋《たず》ね人ですね。そうですか」と顔を上げて、ギルバートに視線を滑《すべ》らせた。

「そちらの方は？」

「俺は別に」

「そうおっしゃらず、せっかく入られたんですからなんでも占って差し上げますよ？　時間内でしたら料金も変わりませんし。なんなら、恋占《こいうらな》いでもいかがですか？」

そう揶揄《からか》うように言われ、ギルバートの目が据《す》わった。彼は「結構です」とキッパリと言い放つと、占い師の顔から視線を外した。

「そうですか。では、女性の方だけ。お名前等は結構ですので、手を出していただけますか？」

セシリアは言われた通りに右手を差し出す。すると、占い師と目が合った。その瞬間、セシリアの身体《からだ》に衝撃《しょうげき》が走る。

「――っ！」

セシリアは思わず手を引っ込め、立ち上がった。そして、占い師から距離《きょり》を取る。

「セシリア？」

驚いた顔でギルバートはセシリアを振り返ってくる。

セシリアは驚愕《きょうがく》に目を見開いたまま、数歩さらに距離を取り、そして唸《うな》るようにこう告げた。

「こんなところにいたのね、ジャニス」

瞬間、ギルバートが立ち上がる。そして、警戒《けいかい》の色を目に孕《はら》んだまま、セシリアの隣にならんだ。

男とも女ともつかないその占い師は口元に笑《え》みを湛《たた》えたまま、小首を傾げた。

「ジャニスとはどなたのことですか？　私の名前は、ジャニス、ではありませんよ？　どなたか別の方と勘違《かんちが》いをされているのではないですか？」

「それなら、ジル・ヴァスールという偽名《ぎめい》の方を使っているのかしら？　マルグリットの宝具じゃ、見た目を変えられても声は変えられないのね」

そう、セシリアが覚えた違和感の正体はこれだった。声がどこかで聞いたことがあったのだ。あの入り口の女性も、目の前の占い師も、そしてこの建物の入り口に立っていた男性も。どの声にも聞き覚えがあったのだ。

セシリアの追及《ついきゅう》に、占い師はしばらく固まった後、瞳《ひとみ》を閉じた。そして、まるで合図を送るように指を鳴らした。

瞬間、セシリアの目の前にジャニスが現れる。そして、背後にはマルグリット。

入り口の男はきっとジャニスの影武者《ナナシ》であるティノに変わっているだろう。

「ふふふ、見事だね。このマルグリットの宝具はさ、周りの人の視覚に訴《うった》えかけて認識《にんしき》を変えるってものなんだよね。だから、聴覚《ちょうかく》にまでは影響《えいきょう》しなくてさー。でもまさか、気づかれるとは思わなかったよ。一応、君たちがいつ来てもいいように、声を変える練習もしていたんだけどな」

悪びれることもなくそう言う彼に、冷や汗《あせ》が伝う。まさかこんな近くに彼が潜《ひそ》んでいるとは思わなかった。

占い師としての力は、きっとマルグリットの宝具によるものだろう。

　セシリアは声を低くした。

「何を企《たくら》んでいるの？」

「企んでいるなんて、ひどいなぁ。私たちは逃亡《とうぼう》生活に疲《つか》れ果てて占いで日銭を稼《かせ》いでいるだけだよ？」

　いつものように飄々《ひょうひょう》とそう言ってのけるが、そんなの絶対に嘘である。

「でも、君たちに見つかったんだ。占い稼業《かぎょう》も今日で終わりかな」

「この状態から逃《に》げるの？」

　その台詞は「逃げられるの？」という意味を含《ふく》んでいた。

　なぜならその部屋は狭《せま》く、セシリアたちの背後に唯一《ゆいいつ》の出入り口があったからだ。扉《とびら》の近くにマルグリットはいるものの、彼女一人だけなら接近戦に持ち込めばセシリアが勝つだろうし、その間にギルバートがジャニスの相手をしてくれるだろうとも思う。そして、マルグリットを失ったジャニス側の戦力は大幅《おおはば》にダウンすることになるに違いない。

　それにたとえ、ティノが参戦してきて、万が一、三人共に逃げられたとしても、お互《たが》いに無事では済まないだろうと思う。

「君は何もわかっていないね。私は『彼女の宝具は、周りにいる人の視覚の認識を変える』と言ったんだよ？　……本当に君に見えているものがすべてだと思っているの？」

「え？」

ジャニスはもう一度指を鳴らす。すると、瞬《まばた》き一つでジャニスがいる場所の背景が変わる。

そこは、ただの空き地だった。目の前には二つの椅子と古びた円卓だけが置いてある。

そう、建物そのものが本当は無いものだったのだ。

つまりジャニスは、右にだって、左にだって、後ろにだって、それこそ上空にだって逃げられるということなのだ。

そのことに気がついた時――

「ジャニス！」

鋭《するど》い声がセシリアたちの背中を刺《さ》す。

振り返れば、あらかじめ用意されていただろう荷馬車にティノが乗り込むところだった。

それに視線を奪《うば》われていたからだろう、ジャニスはいとも簡単にセシリアたちの横を通り、走り出したその馬車の荷台に乗り込んだ。遅《おく》れてマルグリットも乗り込む。

「それじゃぁね！　また遊ぼう！」

ジャニスがそう言って手を振った瞬間、馬車の輪郭《りんかく》が滲《にじ》む。

そして、また瞬きの間に馬車は忽然《こつぜん》と消え失せてしまった。

マルグリットたちを乗せた馬車は、夜には近くの廃教会《はいきょうかい》についていた。そこはジャニスが用意した隠《かく》れ家の一つで、上物はただの寂《さび》れた教会だが、地下はそれなりに人が住める環境《かんきょう》に整備されている。

馬車を降りたジャニスは、未《いま》だ馬車の中にいるマルグリットに手を伸《の》ばしてきた。

「ほら、降りないの？」

優《やさ》しくそう語りかける様はやはり王子様で、マルグリットは戸惑《とまど》いながら彼の手をとり、馬車から降りた。

いつもと違う彼女の様子に、ジャニスはマルグリットの顔を覗《のぞ》き見る。

「どうしたの？　今日、元気がないね」

「いえ……」

自分がいつもの調子ではないことぐらいマルグリットだってわかっていた。理由だって、はっきりと理解している。やっぱりきっかけは昼間の出来事だった。あの意志の強い青い瞳だった。

「いやぁ、まったく今回は大変だったねぇ」

「ジャニス様」

「どうしたんだい？」

「今回の作戦ですが、やめませんか？」

静かな声で告げた言葉に、ジャニスは驚《おどろ》かなかった。むしろ待っていたかのようにその言葉を受け止めて、彼は目を細める。

「どうして？」

「あまりにも危険すぎるのではないかと……」

「それは、私が？　それとも彼女が？」

その問いかけに、マルグリットは息を呑《の》んだ。自分の心が見透《みす》かされていると感じたからだ。

もちろん今回の作戦、ジャニスのことは心配だ。すごく心配している。ジャニスの持つあの力はおそらく彼の命を削《けず》ることで成り立っていて、彼はそれをわかった上で、無作為《むさくい》に、乱暴に、あの力を行使しているのだから。

まるで自分の命など惜《お》しくないというようなあの力の使い方は感心しない。

けれども、とも思うのだ。彼が自分から死に急いでいるのは感心はしないものの止めようとは思わない。死ぬことも自由にできなかったマルグリットの価値観で彼を推《お》し量るのはいかがなものかと思うのだが、それでも同じぐらい窮屈《きゅうくつ》だっただろう彼に、死ぬタイミングぐらい選ばせてやりたいと思うのも本心だった。

それに、一人で逝《ゆ》かせはしないと決めている。逝くのならば一緒《いっしょ》に。そう随分《ずいぶん》と前から決心している。

エルザとしての仮初《かりそめ》の生に虚《むな》しさを感じていた頃《ころ》、初めてマルグリットとしての自分を見つけてくれたジャニス。生きる目的と生きる場所を与《あた》えてくれた彼以上に優先する事柄《ことがら》はない。

たとえ彼が、自分自身の目的のために、マルグリットを利用しようとしていたとしても。

たとえ彼の目に、自分が少しも映っていなくても。

けれども、この心中のような作戦に、彼女を巻き込むのは違うと思ったのだ。他《ほか》のどうでもいい人間ならばいくら死のうがいなくなろうが構わない。けれど、彼女は……

「大丈夫《だいじょうぶ》だよ。別に責めているわけじゃないから。彼女と君が仲良くしていたのは知っているつもりだし、何より君にとっては命の恩人だしね？」

優しいジャニスの声が耳朶《じだ》を打つ。

土砂《どしゃ》災害に巻き込まれた時、マルグリットを助けてくれたのはセシリアだった。

あの時、宝具の力を使えば助かったかもしれないが咄嗟《とっさ》に力を行使することもできず、マルグリットは気がつけば命の危機に立たされていた。

降ってくる岩。すくんで動けなくなる足。唇《くちびる》からは悲鳴しか出てこなくて、ただただ怖《こわ》かったのを今でも覚えている。

『大丈夫ですか!?』

いでいた。

そう言いながら手を摑《つか》んできた温かい手を、マルグリットは今の今まで忘れることができな

だからと言って、セシリアと馴《な》れ合うつもりはない。自分達と馴れ合うことが彼女のためだとは思わないいし、ジャニスの障害となるのならば自分達の敵であることも確かだ。

ただ、できれば傷つけたくなかった。

できることなら彼女の知らないところで全《すべ》てを終わらせたかった。

ジャニスはマルグリットの手をぎゅっと握《にぎ》ると、申し訳なさそうに眉尻《まゆじり》を下げた。

「心配してくれてありがとうね。でも、大丈夫だよ。セシリアのことはどうなるかわからないけど、できるだけ君が悲しまないようにするつもりだから」

実現できるかどうかわからない約束を安易にして、彼はマルグリットの手を放した。そして彼女の頭を優しく撫《な》でる。

「今日はもうおやすみ。いい夢を」

「ジャニス……」

その声は彼に届くことなく、暗闇《くらやみ》の中に掻《か》き消えた。

✦第四章✦ バレンタインデーイベント

二月十四日――、それは、愛を祝う日。

二月十四日――、それは、恋人《こいびと》たちの日。

二月十四日――、それは、……戦いの日。

「セシル様あぁぁぁあぁぁぁ！」

「ちょっともう勘弁《かんべん》して!!」

二月十四日、バレンタインデー当日。

セシリアは久しぶりに逃《に》げていた。これでもかとばかり逃げていた。力の限り逃げていた。

セシリアの後ろには、大勢の女生徒。前から現れて二人がかりでセシリアを捕《つか》まえようとしているのも女生徒。何やら箒《ほうき》などを持って武装している集団も女生徒である。

そう、セシリアは久しぶりに女生徒から追いかけ回されていた。

原因はもちろん、恋愛《れんあい》系最大のイベント、バレンタインデーである。

『ヴルーヘル学院の神子《みこ》姫《ひめ》3』は乙女《おとめ》ゲームということもあり、当然のごとく、バレンタインデーイベントが存在した。もちろん、ゲームに似たこの世界でも、同じようなバレンタインデーイベントがあるのだが、それは現代日本のイベントとは一線を画す物だった。

この国のバレンタインデーの風習は男性から女性に、愛の印として一輪の薔薇《ばら》を贈《おく》るというものだった。ヴルーヘル学院でも男子生徒に薔薇の造花で出来たピンが配られており、男子生徒はそれを意中の女生徒に贈ることができるのだ。

贈り贈られた男女は学院の中で公認のカップルということになり、お互《たが》いに相手がいない場合、そのまま婚約《こんやく》という話になることも少なくない。

ゲームでは、それを騎士《きし》がヒロインであるリーンに渡《わた》すというイベントが存在するのだが、ここにはヒロインに薔薇を渡す騎士も、頬《ほお》を染めながら受け取る殊勝《しゅしょう》なヒロインも存在しない。

いるのは、狩人《かりゅうど》と化した女生徒と、

「セシル様！　お待ちになってくださいませ！」

それから逃げるセシリアだけである。

「絶対、嫌《いや》だ!!」

この一大イベントに、ファンクラブ内の『セシル様にご迷惑《めいわく》をおかけしないため、お互いに抜《ぬ》け駆《が》けをしない』という同盟は一度凍結《とうけつ》。誰《だれ》が一番早く推しを狩《か》れるかという競争になっていた。

「セシル、がんばれー！」

その声に顔をあげれば、二階の窓からダンテが身を乗り出しながら手を振っている。その顔はどこからどう見ても、この事態を楽しんでいるようで、助けてくれる気はさらさら無いように見えた。

それでも一縷《いちる》の望みをかけて「応援《おうえん》してないで助けて！」と叫《さけ》んでみたが、答えは予想通り「えー、やだー！」というものだった。

本当に期待を裏切らない男である。

ダンテから視線を外し下の階を見ると、同じような感じでアインとツヴァイがセシリアの方を見ていた。その後ろからローランがひょこっと顔を出し、こちらの方を見ながら何やら話している。やはりこちらもセシリアを助ける気はないようだった。

「みんなの裏切り者！」

セシリアは平和そうな彼らを見ながら、うらめしげにそう吐《は》き捨てるのだった。

そして、三十分後——

「で、ここに来たというわけですか？」

「……はい」

セシリアの姿は研究棟《とう》のグレースの部屋にあった。

膝《ひざ》を抱《かか》えた状態で部屋の隅《すみ》に縮こまるセシリアを見ながら、グレースは半眼になった。それはもうどこからどう見ても呆《あき》れている顔である。

「うちを緊急《きんきゅう》シェルターみたいに使わないで欲しいんですが……」

「だって、ここなら普通《ふつう》の女生徒は入ってこないしさ。すごくいい隠《かく》れ家だと思って……。今日半休でさ、今から授業なくて！　夕方まででいいから匿《かくま》ってくれない？」

「匿うのは別に構いませんが、今日は清掃《せいそう》が入るので長くはいられませんよ？」

「えー！　なんでそんなタイミングが悪いの⁉」

「この日なら研究員たちの反感が少ないからですよ。研究員の半分以上は既婚《きこん》者ですからね。今日ぐらいは早く家に帰って、配偶《はいぐう》者や家族と過ごそうって人が少なくないんです」

　基本的に自分の研究室に人を入れたがらない研究員たちの気持ちの隙《すき》を突《つ》いたということだろう。グレースはセシリアの方を見ることなく「それでも帰らない研究員はいますがね……」と続けた。

「というか、バレンタインデーイベントですか。そんな物騒《ぶっそう》なイベントになっているのならば、もういっそのこと誰かに薔薇を渡してしまえばいいのでは？」

「私もそれを考えたんだけどね。このイベントで薔薇を贈って受け取ってもらったりなんかしたら、学院の公認カップルみたいになっちゃうでしょ？　そうなったら、色々面倒《めんどう》というか、なんというか」

「まぁ、婚約ってところまで話が飛んだら、女性であることがバレるどころか、そのせいで無用な批判は浴びかねませんよね」

「まぁ、相手の女性が何も言わないならいいんだけど。でもリーンにはヒューイがいるでしょ？　グレースには……」

「はい？」

「まぁ、贈ってくる人がいるかもしれないじゃん？」

　モードレッドが……とは言わなかった。二人の関係がそこまで進んでいる様子はないが、もしかするともしかするかもしれないからである。なんの拍子《ひょうし》で裏の人格が出てくるかわからない男から間男認定《にんてい》された暁《あかつき》には、命がいくらあっても足りやしない。

　ちなみに薔薇を隠すことも考えたのだが、ハンティングがトレジャーハンティングになってしまうだけのような気がしたし、茎《くき》に結ばれているリボンにはそれぞれの男子生徒の名前が書いてあるのだ。万が一見つかれば取り返しがつかない事態に陥《おちい》ってしまう。

　自分が隠した薔薇が誰かに見つかるのを怯《おび》えて待つよりは一緒《いっしょ》に逃げる方がよほど精神的には楽である。

「そういえば、ギルバートさんとデートに行ったとお聞きしましたが……」

「え。もしかして、リーンから聞いたの？」

「はい。まぁ、そうですね」

　セシリアが驚《おどろ》いたのには理由があった。グレースは二日ほど前まで研究の中間発表があるとかないとかで、とても忙《いそが》しくしていたのだ。なので、デートの件なんて誘《さそ》われた事実から行ったことまで彼女の耳には入っていないはずだった。

単なる雑談なのだろう、彼女は視線を手元に落としたまま背後のセシリアに話を振る。

「それと、ギルバートさん本人からもお聞きしました。まぁ、彼は『デート』という表現は使いませんでしたが。ジャニスと会った時のことについて意見を求められました」

セシリアはその言葉にハッとして身を乗り出す。

「グレースはどう答えたの？」

「どうと言われましても、もうゲームの中のシナリオからは大きく逸脱《いつだつ》していますし、私から言えることはほとんどなかったです。ただ……」

「ただ？」

「セシリアさんは占《うらな》い師に扮《ふん》したジャニスに手を求められたのでしょう？　そのことから考えておそらくジャニスは次の準備のために、自分の合図で『障《さわ》り』を発芽できる人を増やしていたのだと思います」

「次の準備？　やっぱりジャニスは何かを企《たくら》んでるのかな？」

「どうでしょう。でも、そう思って動いた方がいいとは思います。本当にもう何も企んでいないのならば、彼らがアーガラムに留《とど》まる理由はありませんから」

「そう、だよね……」

「もちろん、杞憂《きゆう》という可能性はありますがね」

グレースはそこで言葉を切った。そして、セシリアの方に振り返り、唇《くちびる》の端《はし》を引き上げる。

「で。デートは楽しかったんですか？」

「あぁ、うん！　楽しかったよ！　昔のこととか色々思い出しちゃった！」

「リーンさんから、旅行も行ったとお聞きしましたが」

「うん。そっちも楽しかったよ。ノルトラッハって、オーロラ見えるんだって！　私もいつか見たいなぁって思っちゃったよ」

　ほくほくとそう思い出話をするセシリアを見ながら、グレースは小首を傾《かし》げる。

「それで、そろそろ気持ちは固まりそうなんですか？」

「え？」

　まさか、恋愛《れんあい》に全く興味がなさそうなグレースからそう聞かれるとは思っていなくて、セシリアは固まった。そして、じわじわと頬を赤らめたあと、頭をかく。

「いやぁ、グレースもそういうことを聞くんだね」

「まぁ、一応気になりますしね？」

「恋愛ごととか興味ないと思ったのになぁ」

「言っておきますが、私が気になるのは貴女《あなた》がちゃんと幸せになるかどうかですからね？　お相手は正直どちらでもいいと思っていますし。それどころか、どちらも選ばないなんて選択肢《せんたくし》があってもいいと思っていますよ？　恋愛だけがすべてだなんて、時代錯誤《さくご》なことを言うつもりはありませんしね」

彼女らしい台詞を彼女らしい無表情で淡々《たんたん》と述べた後、グレースは僅かに視線を下げた。

「私、これでも反省しているんですよ。前世で貴女たちが死んだのは、私のせいじゃないかって……」

「そんな――！」

「ま、そんな後悔《こうかい》しても遅《おそ》いことなんて、大して後悔もしてはいないんですが」

「……」

「だからまぁ、できれば貴女には幸せになっていただきたいんですよ。前世の分まで」

グレースの言葉に、セシリアは少し固まった後、小さくしている身体《からだ》をさらに縮こめた。

「私はさ、自分の気持ちがわからないってのもあるんだけど、やっぱりどっちにも傷ついてほしくないんだよね。二人とも大好きだから、幸せになってほしいというか。だからできればあんまり考えたくないって気持ちがあってさ。ちゃんと考えなくちゃいけないっていうのはわかってるんだけど……」

「自分のせいで誰《だれ》かが不幸になるだなんて、随分《ずいぶん》と傲慢《ごうまん》な考え方ですね」

「うっ！」

鋭《するど》いボディブローに、セシリアの身体がはねた。図星をさすにしても、もう少し考えてさしてほしい。

グレースは表情を僅かに歪《ゆが》めて笑《え》みを作る。

「大丈夫《だいじょうぶ》ですよ。貴女が思っているより、お二人とも強い方です。まぁ、そりゃ傷つかないわけはないと思いますが、どちらもきっと立ち直れる方ですよ」

「それもわかってるんだけどさー」

「それと、自分の感情について悩《なや》んでいるのならば一つアドバイスです。『その人の幸せを願うこと』と、『その人と幸せになろうとすること』は、似ているようで、全く違《ちが》った感情ですよ？　いちど立ち止まって考えてみたらどうですか？」

セシリアはグレースの言葉に閉口した。

だって、『その人の幸せを願うこと』と『その人と幸せになろうとすること』の違いなんて、そんなこと考えたこともなかったからだ。

グレースはまるでもう話は終わったとばかりに立ち上がる。

「ということで、そろそろ清掃が入ると思いますので、部屋から出てください」

「グレースは？　今日はもう帰るの？」

「私は、今日も先生とエミリーにおうちにお呼ばれしていまして。最近多いので悪いとは思っているのですが……」

「あ。そう……」

あんな風にアドバイスをしてくれたグレースだが、もしかすると彼女も自分の恋愛に関してはセシリアに負けず劣《おと》らずの鈍感《どんかん》なのかもしれない。

セシリアが過敏《かびん》になっているだけで、そういう話ではないのかもしれないが。

その後、グレースから促《うなが》されるようにセシリアは研究棟《とう》から外に出る。

いい感じに時間が潰《つぶ》せたからか、時刻はもう夕方近くになっていた。

「そろそろ寮《りょう》に帰っても平気かなぁ……」

セシリアは落ちかけた太陽を見ながらそうこぼした。

昼間は寮の前に女生徒が張っていて、もう授業がないにもかかわらず寮に帰る事は叶《かな》わなかったのだ。しかも、なぜか一部の男子生徒まで女生徒に協力しているのだから、突破《とっぱ》も困難だ。

それでもと、セシリアは寮の方につま先を向けた。

女生徒相手ならばいざ知らず、男子生徒も……となると、さすがのセシリアも手に余る。

間違《まちが》いないのだ。さすがの女生徒も男子寮までは追ってこないだろう。男子生徒の一部だって、きっと頼《たの》まれたから協力しているとかだろうし、人の部屋に侵入《しんにゅう》するという危険も冒《おか》さないだろう。

とりあえず寮の部屋に帰れば安全なのは
そんなふうに思い、寮の方を覗《のぞ》き見たのだが……

「うわぁ……」

案の定というか、やっぱりというか。寮の前には人がいた。

キョロキョロと辺りを見回しながらセシリアを捜しているだけなら可愛《かわい》いもので、頭に『セシル様LOVE』みたいな鉢巻《はちまき》を巻いて入り口にべったりと張り付いているものまでいるのだから、入るのは困難と見て間違いないだろう。

「もう少し学院の側で逃《に》げ回るか……」

少なくとも、夜になるまで……

そう思いながら踵《きびす》を返したその時だった。後ろに人の気配がして、セシリアはとっさに振り返る。すると、一人の女生徒とパッチリ目が合った。そして——

「皆様方《みなさまがた》！　セシル様、こちらにおられましたわよ！」

まるでサイレンのように、女生徒はそう声を上げた。瞬間《しゅんかん》、「きゃあぁあああぁぁ」という声とともに、足音が聞こえてくる。セシリアは青い顔で駆《か》け出した。

「もう、なんでここの女の子はっ！　あんなに積極的かなっ！」

そんな文句を言いつつも、セシリアはわかっていた。これは自らが蒔《ま》いた種である。

再び始まった追いかけっこに、セシリアは建物の中に入る。広いところで逃げ回ると、この人数差は不利だからだ。

廊下《ろうか》を走りながら、セシリアは周りを見回す。もう走るのにも疲《つか》れてきたので、この辺で一《いっ》旦《たん》、どこかに籠城《ろうじょう》なり何なりしたほうが楽だろう。

（だけど、教室を一つずつ捜されたら見つかっちゃう上に、鍵《かぎ》がかかる教室でも出入り口で待たれたら終わりなんだよなー）

籠城するのならばその辺も考慮《こうりょ》しなくてはならない。

そんなことを考えながら走っていると、ふと横から手が伸《の》びてきた。避《よ》ける間もなく手首をつかまれ、階段の踊《おど》り場に連れ込まれる。思わず悲鳴を発しそうになるが、それも口元を覆《おお》ってきた手によって阻《はば》まれてしまった。

「んー！」

「静かに」

聞き覚えのある声でそう窘《たしな》められ、セシリアは口を噤んだ。

彼女はゆるゆると顔を上げる。すると、そこにいたのは――

(ギル!?)

ギルバートがいた。彼はセシリアと目が合うと、微笑《ほほえ》みながら口元から手を離《はな》してくれた。

そして人差し指を立てて「静かに」というジェスチャーをする。

直後――

「セシル様ー！」

とセシリアが向かっていた方向から女生徒が数人走ってきた。

その光景にセシリアはゾッとする。あのままだと正面エンカウントしてしまうところだった。

女生徒が走り去った後、ギルバートはセシリアの手首をつかんだまま「こっち」と階段を登っていく。セシリアは誘《いざな》われるままついて行った。

そして……

「わぁ！」

たどり着いた場所は、学院の屋上だった。

ヴルーヘル学院の屋上は、出入り口が鍵のかかる仕様になってはいないものの、面積が広く出入り口が複数あるので、誰かがやってきても袋小路《ふくろこうじ》になることはない。籠城はできないが一定の時間身を隠《かく》すのに、とても都合のいい場所だった。

セシリアは改めてギルバートを振《ふ》り返った。

「ギル、どうしてここに？」

「この時間まで寮に帰ってきてないからさ、ジェイドたちと捜しに行こうって話になったんだよ。で、セシリアが隠れそうな場所はどこかなって捜してたら、たまたま、ね？」

「すごい！　よくわかったね！」

「まぁ、セシリアのことなら大体ね？」

ギルバートは肩《かた》をすくめる。

学院の敷地《しきち》はとても広い。学院の建物の中に限ったとしても、なかなか一人の人間を見つけられる広さではない。女生徒たちのように複数人で一人を捜すのならば見つかるかもしれないが、一人で一人を捜し出すのなんて至難の業《わざ》である。

「なんかみんなに迷惑《めいわく》かけちゃったね。私もこの時間には寮に帰ってる予定だったんだけどさぁー」

「ま、あれじゃ帰れないよね」

寮から出るときに外の警備態勢を見たのだろう、彼はそう言いながら苦笑《くしょう》を漏《も》らす。

「オスカーがさっき女生徒たちに寮に帰るように話してたから、多分そろそろいなくなるかと思うけど……」

「だね」

「ということは、もうしばらくの辛抱《しんぼう》かー」

オスカーが自分の意思によって権威《けんい》を振りかざすことはほとんどないが、彼が『そろそろ帰ったらどうだ？』と言って、従わない生徒はなかなかいない。それこそダンテや、いつものメンバーならば『えー！』と口をとがらして意見をすることもあるだろうが、その他《ほか》の生徒はそうもいかないだろう。

セシリアは柵《さく》にもたれかかりながら、隣《となり》のギルバートに視線を移す。

「そういえば、ギルは薔薇《ばら》大丈夫《だいじょうぶ》だった？　私みたいに追いかけ回されてない？」

「まぁ、なんか色々言ってくる人はいたけどね」

「そっかぁ」

さすがにモテるなぁ……と、どこか他人事《ひとごと》のように思う。

そんなセシリアの感想にギルバートは苦笑を浮《う》かべた。

「そこは、そっかぁ、って感想になるんだよね。セシリアは」

「え？」

「なんでもない。やっぱりなぁってことだよ」

何が『やっぱり』なのだろうか。

セシリアが首を傾《かたむ》けたその時、背後から、がちゃん、と音がきこえた。音のした方を見ると、先ほど二人が入ってきた扉が開いている。その扉の向こうから、一人の女生徒が顔を覗かせた。

「わ、やば……！」

セシリアは咄嗟《とっさ》に逃げようとしたのだが、現れた彼女の雰囲気《ふんいき》に、足を止めて息を呑《の》んだ。現れた女生徒のたたずまいはすごく暗かった。目は血走っており、足元もおぼつかない。その上、身体《からだ》のいたるところからは黒い靄《もや》が立ち上っていた。

『『障《さわ》り』――っ！」

「なんで、今!?」

彼女は錆《さ》びたブリキ細工のように、ギリ、ギリ、と緩慢《かんまん》な動きで顔を上げると、焦点《しょうてん》の合ってない目でセシルを見つめた。そして「セシル様？」と呟《つぶや》く。

そのあまりのホラーじみた演出にセシリアの唇《くちびる》から「ひっ！」と小さな悲鳴が漏れた。

「これってもしかして、俺のせい!?」

「まぁ、きっかけはそうかもね」

バレンタインデーにセシルから薔薇がもらえなかった……というのが、『障り』に心を蝕《むしば》まれた原因ではないだろうが、恋愛《れんあい》ごとでとてつもなく悩《なや》んでいて、憧《あこが》れていたセシルにも……ぐらいならありえるかもしれないし、セシルに熱を上げているから彼女自身の本当の恋愛がだめになったとか、そういう可能性ならばいくらでもある。

とにかく、彼女のターゲットはセシルで、追ってきたことは間《ま》違《ちが》いないようだった。これでは逃げるわけにもいかない。

しかし、たった一人だけなので、大したことはないだろう。

二人はなんとなくそう高を括《くく》っていた。

彼女の手にあるものを見るまでは――

彼女の手には小さなナイフが握《にぎ》られていた。よく見ればそれは食事をする時のもので、おそらく食堂から盗《ぬす》んできたものだろうと推測できた。

「なんでナイフ――！」

女生徒はこちらに照準を合わせると、身をかがめ……一気に突進《とっしん》してきた。

まるで弾丸《だんがん》のようなその動きに対処するのが一瞬《いっしゅん》だけ遅《おく》れ、宝具に手を触《ふ》れることができなかった。その代わり、彼女の持っていたナイフを蹴《け》り上げる。

大きく弧《こ》を描《えが》く銀色の得物。彼女が惚《ほう》けている隙《すき》にギルバートが押さえにかかるが……

（あれって――）

ポケットから彼女が取り出したものに、セシリアは息を呑んだ。

彼女が持っていたのは銀色に光るもう一本の――

「ギル！」

セシリアはギルバートを突《つ》き飛ばした。瞬間、眼前に迫《せま》る銀色のナイフ。

すべてがスローモーションに見える世界で、彼女はぎゅっと目を閉じた。刺《さ》されるまでの短い間なのに、思考が驚《おどろ》くほど回る。

（痛いのかな）（怖《こわ》いな）（やばいかな）（死んじゃわないよね!?）

（でも私でよかった）

ほっとした自分に、なぜかこれでもかとばかり自分自身が驚いた。

続いて、先ほど聞いたとある台詞《せりふ》が脳裏《のうり》に蘇《よみがえ》ってくる。

『「その人の幸せを願うこと」と、「その人と幸せになろうとすること」は、似ているようで、全く違《ちが》った感情ですよ？』

グレースのこの言葉がどうして今蘇ってきたのかわからなかった。ただ、どうしようもなくその言葉がストンと腹に落ちて、なぜだか妙《みよう》に、あぁそうか、と納得《なつとく》してしまった。

銀色のナイフが目の前まで迫る。

一メートル。三十センチ。十センチ、五センチ、三センチ、一セン――

「ばか――！」

気がついた時には、腰《こし》に腕《うで》が回っていた。そして、セシリアは誰《だれ》かに引き寄せられ、目前まで迫ってきていた女生徒は、何か透明《とうめい》な壁《かべ》のようなものに弾《はじ》かれてしまう。

自分の腰に回っている腕がギルバートのもので、弾いたのが彼の宝具だったというのには、遅れて気がついて、それと同時に「なにしてるの！」とすごい剣幕《けんまく》で怒《おこ》られた。

セシリアが身を小さくして「ごめん……」とか細い声を出すと、彼はまだ何か文句が言い足りないというようにガシガシと頭をかいた後、「ごめん怒鳴《どな》って。庇《かば》ってくれてありがと」と苦しそうな顔で告げてくる。

彼はセシリアの腰から腕を離《はな》すと、宝具によって弾かれた女生徒に近づく。そして、額の痣《あざ》に触れて『障り』を祓《はら》った。

「これで、しばらく大丈夫だと思うけど……」

そう言ってギルバートはセシリアの隣に腰を下ろした。その時初めてセシリアは自分が腰を抜《ぬ》かしていることに気づき、「なんか私、さっきの怖かったみたい」と笑ってみせる。

「本当、無茶するよね」

「いやぁ、身体が勝手に動いちゃって……」

「でもさっきのは感心しないからね」

鼻の頭をつねられてセシリアは「痛い、痛い」と声をあげる。

それにギルバートがふきだして、二人は同時に仰向《あおむ》けに寝転《ねころ》がった。

夕方を過ぎた空はもう暗くて、今にも夜がやってきそうなほどだった。あの頭上で光っているのは、おそらく金星。一番星だろう。

「あーもー、疲《つか》れた！」

「さっきのはちょっとびっくりしたよね」

二人は仰向けに寝転がったまま互《たが》いに顔を見合わせた。そして……

「ふふふ」

「ははっ」

と肩を揺《ゆ》らし始める。

緊張《きんちょう》が解けて、笑いがこみあげる。何もおかしくないのに、なぜか唇が弧を描いた。

それから二人はしばらく笑いあい、雑談を交《か》わした。昔のことから最近のこと。いろんな思い出を、とりとめもなく、順番も無視して話し尽《つ》くして。そろそろ何も思い浮かばなくなったという頃《ころ》になって、ギルバートが身体を起こした。

「セシリア、これ」

「へ？」

「受け取ってもらえる？」

ギルバートの手には赤い薔薇があった。

ちゃんと彼の名前が刺繍《ししゅう》してあるリボンのついた赤い薔薇。

この日にこの薔薇を渡《わた》す意味を、セシリアは痛いほど知っていて。ギルバートも知っていないはずがなくて。

それでも、ここで渡してくるということの意味が、セシリアの心を削《けず》った。

だってこの場合、答えは二つに一つしかないのだ。

『受け取る』か『受け取らない』か。

今までのような曖昧《あいまい》な答えなんて用意されていない。

「ギル！」

セシリアは身体を起こし、彼の前に正座する。

夕方から夜に変わった背景に、感情が昂《たかぶ》った。頰《ほお》を撫《な》でる風が変な汗《あせ》を噴《ふ》き出させる。自分達の息遣《いきづか》いしか聞こえない空間に、手のひらにじっとり汗が滲《にじ》んで、唇が震《ふる》えた。

「あのね、私！」

不思議なことに考えなくても言葉は出てきた。

「私、ギルのこと好きだよ！　大好きだよ！　きっとね、多分ね、他《ほか》のどんな人よりも大切で！　誰よりも幸せになってほしいと思ってるよ！」

リーンよりも、オスカーよりも、両親よりも、自分自身よりも、彼は大切な存在だ。誰よりもお互いのことをわかっていると思っているし、幸せになってほしいと心の底から思う。

「だけどね！」

声が震えた。膝《ひざ》の上の拳《こぶし》が、握りしめすぎて血の気を失う。

もう自分の中では答えが出ているのに、それを彼に告げることの残酷《ざんこく》さに、眩暈《めまい》がした。

だって、気づいてしまったのだ。さっき彼を助けたその瞬間に。全《すべ》てのパズルのピースが、かっちりとはまるように、自分の気持ちに気がついてしまった。

「……だけどね！」

ギルバートには幸せになってほしい。

「ごめんね。これはそういう好きじゃないんだ！」

だけど、セシリアはその幸せに自分がいなくてもいいと気がついてしまったのだ。

彼が幸せならば、隣には誰がいたってかまわない。そういう好きなのだ。

答えを予測していたのか、ギルバートはさして驚くこともなく、いつも通りの優《やさ》しい声で「うん」とだけ言ってうなずく。

その優しさに鼻の奥がツンとして、顔が熱くなる。目元にじわじわと熱いものが集まってきて、視界が不明瞭《ふめいりょう》になった。

セシリアは自分の服の袖《そで》で目元を擦《こす》る。

自分が泣いていい立場ではないのに、どうしようもなく涙《なみだ》が溢《あふ》れて、ぼたぼたと大粒《おおつぶ》の涙が膝の上に落ちた。

「私ね、ギルにいっぱい助けてもらったのにね、ごめんね。気持ちをちゃんと返せなくて、ごめんね」

「うん」

染《し》み入るような声だった。

視界の端《はし》で彼が差し出していた薔薇《ばら》をしまうのが見えて、また嗚咽《おえつ》が漏《も》れた。

「大丈夫《だいじょうぶ》だよ。ありがとう、俺のために泣いてくれて」

その声に顔を上げると、いつも通りの彼だった。本当にいつも通り。

告白したことなんてなかったことになっているのではないかというぐらい、彼はいつも通りだった。

ギルバートは涙でぐしゃぐしゃになったセシリアの顔を見て「変な顔」とふきだす。

そうして、ゆっくりと立ち上がって、セシリアに手をさしだした。

「それじゃ、そろそろ帰ろうか。……義姉《ねえ》さん」

その言葉にセシリアはまた顔を覆《おお》った。


涙ってなかなか尽きないものだな……

というのが今日の感想だった。

涙が涸《か》れ果てるなんて表現があるけれど、今のセシリアに限って言えば、溢れてくる涙を集めたら大海にだってなるんじゃないだろうかというぐらいだし、自分の中にこんなに水分があったのかと思うぐらい涙は尽きなかった。

喉《のど》は熱くて、涙をこぼしすぎた目元は痛い。

なぜか頭はガンガンと痛むし、鼻もツンとした痛みからヒリヒリとしたものに変わっていた。

寮《りょう》に帰る前に屋上であれだけ泣いたというのに、寮に帰ってからも涙が止まらなくて、結局「私もう少し外で涼《すず》んでから帰る。ギルは先に帰ってて」と彼を先に帰したぐらいである。

セシリアは寮近くに置いてあるベンチに座りながら、ハンカチで目元を覆った。ずっ、と洟《はな》を啜《すす》れば、『でもギルは、私みたいに泣けないんだよな』となぜかそれも悲しくなってきて、また涙をポロポロと溢れさせるのを繰《く》り返した。

もう完全に涙腺《るいせん》が壊《こわ》れてしまっている。悲観的になった頭はもう一生涙が止まらないんじゃないかと思ってしまうほどだった。

（あーもー、目が痛い。いい加減泣き止《や》まないといけないってわかってるんだけど……）

月を見上げながらそんなふうに思った時だった。芝生《しばふ》を踏《ふ》みしめるようなかすかな足音がセシリアの耳に届いた。それは寮の入り口がある方向からで、セシリアは顔をそちらへ向けた。

「あぁ、こんなところにいたのか――って、なんて顔をしてるんだ⁉」

そこにいたのは、セシリアの顔を見て驚《おどろ》き慄《おのの》くオスカーだった。

セシリアは目を瞬《しばたた》かせた後、「オスカー……」と呆《ほう》けたように呟《つぶや》く。そんな彼女の様子を見てただ事ではないと思ったのか、オスカーはセシリアの前に膝をつくと、オロオロと彼女の状態を確かめた。

「どうかしたのか⁉ 何かあったのか？ もしかして誰《だれ》かに何かされたのか？」

「えっと……」

「誰かに何かされたら、俺にも言ってほしいとあれほど――」

「ち、違《ちが》うよ！ 違う！」

完全に決めつけかかってきたオスカーにセシリアは顔の前で両手をぶんぶんと振《ふ》る。

「私が何かされたんじゃなくて！ 今回は私がしちゃったというか……」

「お前が？」

「うん。なんというか、人を傷つけてしまって……」

全部言うのは躊躇われて、それだけ口にする。

するとオスカーはしばらく固まった後、「ギルバートか？」と口にした。

瞬間《しゅんかん》、セシリアはオスカーに食いついた。

「な、なんでわかるの？」

「お前がそんな泣くなんて、ギルバートのことぐらいだろう？」

さも当然とばかりにそう言われ、なんだか立つ瀬《せ》がない。これは、オスカーが鋭《するど》いのだろうか。それともセシリアがわかりやすいのだろうか。

「どうした？　また喧嘩《けんか》でもしたか？」

「またって……」

その瞬間思い出したのは、前にギルバートと喧嘩した時だ。林間学校の時にオスカーと同室になったことをなぜか怒《おこ》られて、セシリアは彼の怒《いか》りを『自分がちゃんとしてないからだ』と解釈《かいしゃく》した。

しかし、今なら彼の怒った理由もなんとなくだがわかる。

（なんか私、本当に傷つけてたんだなぁ）

またじわりと涙腺が緩《ゆる》んで、オスカーが「大丈夫か？」と覗《のぞ》き込んできた。言葉を発することなく頷《うなず》きだけでその問いに答えると、「そうか……」とわかったのかどうなのかよくわからない声を出して、セシリアの隣《となり》に腰《こし》掛けてくる。

「で、喧嘩なのか？」

「喧嘩。まぁ、そんな感じかな」

「そうか。……早く仲直りしろよ」

「うん」

そう答えたが、セシリアは知っている。きっと明日《あした》には元通りになっているのだ。ギルバートはいつも通りに彼女に話しかけてくるだろうし、セシリアだって最初は戸惑《とまど》いながらだろうが、それに応じるだろう。

彼はそういう自分の弱ったところや傷ついたところを誰にも見せはしない性格だし、セシリアが困るだろうからときっと無理をするに違いない。

わかるのだ。わかっているのだ。

そして、それに甘えることしかできない自分がいるのも、わかっている。

伊達《だて》に十二年も姉弟《きょうだい》をやっていないのだ。

「オスカーはさ、今日どうしたの？」

「俺か？　お前が夕食時にいないのが気になったからな。食事を持って行ってやろうと捜してたんだ」

そう言って彼がセシリアの膝の上に置いたのは、小さな紙袋《かみぶくろ》だった。開けてみると、中には三角形のサンドイッチが二つ入っている。中身は葉物野菜と塩漬《しおづ》け肉の簡素なものと、夕食に出たものを挟《はさ》んだのだろうか、分厚い鶏肉《とりにく》と炒《い》った卵が挟んであるボリュームのあるものだ。

「わぁ！　美味《おい》しそう！」

「腹が減ってるかと思ってな」

さっきまで元気がなかったのに、パリパリに焼かれた鶏肉の美味しそうな匂《にお》いを嗅《か》いで、ちょっと気分が上がってくる。

お腹《なか》だって空いていなかったのに。というか、食事のことなんか頭になかったのに、お腹まで鳴り出してきて、自分でも本当に現金な人間だと思ってしまう。

涙だって気がついたら止まってしまっている。

セシリアはサンドイッチが入っている紙袋に手を入れる。最初に取り出したのは、鶏肉の入った方だった。いつもだったら軽いものから食べるのだが、なんだか今日はちょっとお腹が空いていたらしい。

「オスカーはいる？」

「俺はいい。夕食をちゃんと食べたからな」

「そう？」

セシリアは小首を傾《かし》げた後、サンドイッチにかぶりついた。パンに挟んであったにもかかわらず、鶏肉はべちゃべちゃしておらず香《こう》ばしくて、皮まで美味しい。まとっているソースも、甘塩っぱくてパンにとてもよく合うのだ。

「美味しい！　オスカー、これ美味しいよ？」

「そうか」

「うん！　すっごく美味しい！　ほら！」

「……ほら、って」

セシリアが無邪気《むじゃき》に差し出してきたサンドイッチをオスカーは半眼で見つめ、やがてひとつため息をついた後、彼女の手首を持った。

そして、彼女が食べてない側からかぶりつく。

「へ？」

「ん。本当だな。いい味だ」

親指で唇《くちびる》の端《はし》を拭《ぬぐ》いながらそう言われ、かぁっと頬《ほお》が熱くなった。

自分が照れてしまったと気付いたのはオスカーが手を離《はな》した直後で、どうして照れてしまったのかは、それからしばらく経《た》ってもわからなかった。でもなんとなく、彼が食べたそのサンドイッチに口をつけるのが躊躇《ためら》われてしまう。別に嫌悪感《けんおかん》があるとかそういうことではないのだが……

（いやでも、残すわけにはいかないし、食べたくないわけではないし……）

残すのは勿体無《もったいな》いし、食べたくないわけではない。

一口食べて感じたが、身体《からだ》は間違《まちが》いなくカロリーを求めていた。それもそうだろう。今日は昼食も取らずに学院内を走り回り、ついでに『障《さわ》り』に侵《おか》された女生徒までなんとかしたのだから。

なんとなく先ほどまでよりも小さな口で二口目をかじると、オスカーがセシリアの方をじっと見ていることに気がついた。「なに？」と問うとどこかほっとしたように彼は微笑《ほほえ》んだ。

「まぁ、少しは元気が出たみたいだな」

「なんか、心配かけちゃったみたいで、ごめんね？」

「気にするな。こっちが勝手に心配しているだけだからな」

セシリアはそのままもしゃもしゃと、無言でサンドイッチを一つ平らげた後、隣に座っているオスカーを見上げた。

(なにか、話した方がいいかな)

別に無言は苦ではないが、なんとなくそういう気分になってしまい、セシリアは逡巡《しゅんじゅん》した後、「あ!」と顔を跳《は》ね上げた。

「そういえば、オスカーは薔薇《ばら》、どうした……の……?」

言ってる途中《とちゅう》で気がついた。これは絶対にダメな質問だと。

もしこれで薔薇を差し出された日には、またさっきと同じように悩《なや》んだ末に二者択一《にしゃたくいつ》の答えを出さなくてはならないし、もしそれでオスカーを傷つけるようなことがあれば、おそらくセシリアはしばらく立ち直れない。二人同時になんて無理だ。精神的に参るに決まっている。

しかも万が一、「ああいう行事はめんどくさいからな。他《ほか》の人にやった」なんて回答だった場合、どうすればいいのだろうか。絶対にモヤモヤしてしまうだろうし、「なんで!?」と意味のわからない問いだってしてしまいそうである。

オスカーは少し驚《おどろ》いた様子で、目を瞬《しばたた》かせた後「いるのか?」と聞いてくる。

セシリアは悲鳴のような声を出した。

「いいえ、ちょっと出さないでください!!」

「だと思った」

ふっと笑われて恥《は》ずかしくなる。

冷や汗《あせ》をかくセシリアに、オスカーは肩《かた》を揺《ゆ》らした。

「他の人間にやるわけないだろう。だからと言って、今お前に渡《わた》しても、いろんなことで悩むだろうしな。立場の上では受け取らないといけないとかなんとか……」

「まぁ、そうだね」

セシリアの立場で言えば、受け取らないわけにはいかない。それは、気持ちとはまた別の義務のようなもので。でもそれが正解じゃない、正解にしてはいけないということも、セシリアは重々わかっていた。

「俺もそういう意味で受け取られても虚《むな》しいだけだからな」

だから渡す気はないと暗に言われて、ほっとすると共に、少しだけ物足りなくもなる。

そんな自分のわがままさぎる感情にそっと蓋《ふた》をして、セシリアは夜空を見上げた。

「気持ちって難しいよね。なんかさ、人の気持ちも自分の気持ちも思うようにいかなくて、ちょっとへこんじゃうよ」

「まぁ、そうだな」

オスカーは立ち上がる。そして、彼女の頭を乱暴にかき混ぜた。

「お前は、よく悩め」

った。

そう言う彼の顔は穏《おだ》やかで、もうそれだけで励《はげ》まされているんだなというのが十二分に伝わった。

「人の気持ちを十二年間も振《ふ》り回した罰《ばつ》だ」

「えぇ!?」

「オスカー、もう帰るの？」

「あぁ。俺がいたら泣けないだろう？」

オスカーはセシリアの肩に自分の上着を掛《か》けた。

「泣きたい時に泣いておく方が後でスッキリするからな。思う存分泣いておけ。……身体だけは冷やすなよ？」

「うん」

その気遣《きづか》いに胸が詰《つ》まって、セシリアの唇は弧《こ》を描《えが》く。

「オスカー、ありがとう」


セシリアが自分の部屋に戻《もど》るためにベンチを立ったのは、それから数十分後のことだった。もらったサンドイッチを食べ終えて、星を見て、ため息をついて。

そうしてようやく気分が落ち着いて、部屋に帰る気分になったのだ。涙《なみだ》はあれから出なかったけれど、気分はやはりどことなく落ち込んでいて、セシリアはとぼとぼと廊下《ろうか》を歩いていた。

（なんというか、遅《おそ》くなっちゃったな……）

寮《りょう》の廊下にはそれなりに人がいるが、もうどことなく今日は終わったという雰囲気《ふんいき》を纏《まと》わせている。それを見ていると、今日が終わっていないのはセシリアただ一人のような気がして、また少し気分が落ち込んだ。

そのままセシリアは部屋の前に立つ。鍵《かぎ》を開けて部屋に入り、後ろ手に扉《とびら》を閉めた。

その直後、なぜか扉がトントンとノックされた。

本当に部屋に入ってすぐだったので、びっくりした表情で振り向く。恐《おそ》る恐る扉を開けて部屋の外を見れば、そこにはジェイドが立っていた。

「え！　ジェイドどうしたの？」

へらりと困ったように笑われて、何か用事があるのだと知る。

ジェイドが一人でセシリアの部屋を訪《おとず》れる事は珍《めずら》しい。もしかしたら、ローランや他のみんなに何かあったのかもしれないと、彼女は扉を開けてジェイドを部屋に招き入れた。

ジェイドは部屋に入ると、律儀《りちぎ》に部屋の鍵を閉める。そして、セシリアを振り返った。

「ジェイド、何かあった？　もしかして、ローランが何か？」

「ローラン？」

「え？」

ローランの名を口にしたジェイドの目が、見開かれる。まるでその名前を初めて聞いたかのような驚きようだ。もしくは、ここにいるはずのない人物の名前を聞いた時の反応のようにも見える。

「というか、その声——!」

セシリアはジェイドから距離《きょり》を取った。なぜなら、目の前で発せられる彼の声がジェイドのものではなかったからだ。

その声の主を、セシリアは知っている。

「貴女《あなた》、マルグリットね?」

慎重《しんちょう》に放った言葉に、ジェイドは驚かなかった。むしろ、当然といった感じでセシリアの言葉を受け止める。

ジェイドは——いや、ジェイドの姿形をした彼女は、一度だけ両手で顔を覆《おお》うと、本当の姿をセシリアの前に晒《さら》した。

彼女は、やはりマルグリットだった。

長い髪《かみ》も、背の高さも、びっくりするほどの美貌《びぼう》も、彼女のまま。

彼女は伏《ふ》せた長いまつ毛を起こして、セシリアを見つめた。

「ええ、そうよ。お久しぶりね、セシル。……それともセシリアと呼んだほうがいいかしら?」

凛《りん》とした冷たさを感じる声を、マルグリットは響《ひび》かせる。

好意的には見えないが、敵対的にも見えないマルグリットの態度に、セシリアはさらに彼女から距離を取った。窓を背にしているのは、いざというときそこから飛び降りるためだ。

窓から地面までの高さはそれなりにあるが、下には低い生垣《いけがき》も植えられている。そこに落ちれば、怪我《けが》をするかもしれないが、命だけは助かるだろう。

マルグリットに会いたいと思っていたけれど、もう一度ちゃんと話し合いたいとも思っていたけれど。こんな風に仲間に化けて近づかれて、それでも呑気《のんき》に『話し合いましょう』と言えるほど、セシリアは能天気でもなかった。

警戒《けいかい》するセシリアに、マルグリットは両手首を見せる。そこには腕輪《うでわ》がひとつしかはまっていなかった。姿を変えるために使った宝具以外は置いてきたということだろう。つまり、今の彼女はほとんど丸腰《まるごし》だ。

「貴女がそういう態度をとってしまうのもわかるけれど、いまの私に敵意はないわ。安心して」

「……」

「と言っても、安心はできないわよね」

マルグリットの表情は、少しだけ残念そうに見えた。それはまるで、セシリアに信用されていないことが寂《さび》しいというような顔に見える。

彼女の表情に動揺《どうよう》しながらも、セシリアは慎重に言葉を選ぶ。

「なんの用事で来たの？」

「今日はお願いをしに来たの」

「お願い？」

「貴女だけでもいいから、この学院から逃《に》げて」

思いもよらぬ言葉に、セシリアは眉《まゆ》を寄せた。

「学院から逃げてって。……どういうこと？」

「ジャニス様が次に狙《ねら》っているのは、この学院だからよ」

大きく目を見開くセシリアに構うことなく、マルグリットはまるで時間が惜《お》しいかのように捲《まく》し立てる。

「この学院には貴族の息子《むすこ》や娘《むすめ》などが集まっているわ。いわば将来国を動かす卵たちね。貴女は考えたことはない？　この学院の生徒が全員死んだら、この国はどうなってしまうんだろう……って」

「それは――」

「甚大《じんだい》な被害《ひがい》を受けるはずよ？　しかも、その事態を防げなかった国王に貴族たちが結託《けったく》して反旗を翻《ひるがえ》す可能性もある。……彼はそれを狙っているの」

「ジャニスは何をするつもりなの？」

震《ふる》える声でそう問えば、彼女は視線を下げた。

「それを言うほど、私は彼のことを裏切れないわ。……まぁ、これだけでも十分な裏切り行為《こうい》でしょうけど」

「でも——！」

「他《ほか》の人間なんてどうでもいいの。この国の人間にも、誰《だれ》にも思い入れはない。だけど、……貴女には恩があるから。だから、逃げて」

そんなことを言われて、はいわかりましたと頷《うなず》くことなんてできない。逃げることなんてできない。ジャニスがそんな物騒《ぶっそう》なことを考えているのならば、止めなくてはならないからだ。

セシリアはすがるような気持ちでマルグリットに一歩歩み寄った。

「貴女が止めることはできないの？」

「私にも止められないわ。そもそも止めるつもりもないしね」

「でも、貴女たちの作戦だと、たくさんの人が死ぬんでしょう？」

「だからどうでもいいの。私にとって大切なのは、あの人だけだから」

マルグリットは冷めたようにそう言ってのける。

セシリアには、彼女が嘘《うそ》をついているようにはどうしても見えなかった。

つまり、ジャニスが作戦をやめようとしない限り、彼女も止まらないのだろう。

セシリアはマルグリットをじっと見つめながら、声を低くした。

「ごめん、私は逃げることなんてできないよ。みんなを置いて一人だけで逃げるなんて、そんなことは無理」

「そう……」

マルグリットはセシリアにゆっくりと近づいてくる。そして、長い指先でセシリアの頬《ほお》に触《ふ》れた。

「残念ね」

マルグリットが呟《つぶや》いた瞬間《しゅんかん》、セシリアの身体《からだ》は石のように硬直《こうちょく》した。まるでメデューサに見つめられた旅人のように、指先一つ動かせない。眼球だって硬直しているし、喉《のど》だって動かせない。これでは助けのひとつも呼べやしない。

(しまった――！)

セシリアは固まった視界で、彼女の手首を確認《かくにん》する。するとそこには、先ほどまでなかった腕輪がきちんと七つはめられていた。セシリアを信用させるために、認識を変えられる宝具とやらで、今の今まで腕輪を隠《かく》していたのだろう。

「貴女が簡単に頷かないことなんて想定済みよ。だから、無理やりにでも来てもらうわ」

そう言って彼女は、セシリアに触れていない方の腕を横に伸《の》ばす。すると彼女の指先にある空間がひび割れた。いつか見た、別空間へ移動する力である。

「さ、行きましょう」

マルグリットが頬から腕に掌《てのひら》を移動させると、セシリアの身体は自然と歩き出す。きっとこれは、マルグリットが触れている間だけ、他人を彼女の思うように動かすことができる力なのだろう。

望んでもいないのに身体は勝手に動く。向かう先は、あの空間の裂《さ》け目だ。

あの先がどこに通じているのかはわからないが、きっとこの学院からとても遠いところに通じているということだけはわかる。そうでなくては、セシリアはきっとこの学院にとんぼ返りをしてしまう。

移動する気も失《う》せるぐらいの遠い場所か。抜《ぬ》け出すことが不可能な牢屋《ろうや》の中か。それはわからないが、あの空間に足を踏《ふ》み入れたらきっとこの学院には二度と帰ってこられないのだろう。

セシリアは上げられない悲鳴を必死で上げる。

(いや――――!)

『セシル!』

聞きなれた声がして、扉《とびら》がとてつもない音と共に吹《ふ》っ飛んだ。

突然《とつぜん》の出来事に、マルグリットはセシリアから手を離《はな》してしまう。

身体の自由を得たセシリアは、マルグリットから距離《きょり》を取り、扉を蹴破《けやぶ》っただろう人物のそばに駆《か》け寄った。

「ダンテ!」

「無事?」

ダンテの声が、珍《めずら》しく焦《あせ》っている。

マルグリットは彼の姿に目を留めた瞬間、空間の裂け目に自ら飛び込んだ。ダンテはそれを追おうとするが、すぐさま空間は閉じられてしまう。

「あーもー、惜しい！　いまの、例の逃げた神子《みこ》サンでしょ？」

直接マルグリットと顔を合わせていなかったダンテが、悔《くや》しそうにセシリアに確認を取る。

「うん。……でも、どうしてわかったの？」

「いや、だって。変な力使ってたし、聞いていた通りに綺麗《きれい》な人だったし」

「そっちじゃなくて！　どうしてマルグリットが私の部屋にいるって……」

マルグリットが来た時、彼女はジェイドの格好をしていたはずだ。なのにどうして、ダンテはマルグリットがセシリアの部屋にいると思ったのだろうか。彼女が知りたいのはそこだった。

ダンテは「あぁ、そっちね」と頷き、ここに駆け込んでくることになった経緯《けいい》を話しだした。

「最初は、セシルの部屋の前に立っているジェイドを見かけて、『あぁ、珍しいなぁ』なんて思ってたら、しばらくしてセシルの部屋とは全く別の方向からジェイドが出てきてさ。それで……」

ジェイドが二人いる！　もしかすると、さっきのは……！

……で、走ってきてくれたらしい。

「でもまぁ、無事でよかったよ。まったく、アイツらも懲《こ》りないねぇ。……で、何のためにアイツらはセシルのことを攫《さら》おうとしたわけ？」

「――そうだった！」

「そうだった？」

セシリアはダンテの腕を両手で摑《つか》んで、こう声を荒《あら》らげた。

「ダンテ、みんなを集めて！　もしかしたら、この学院が危ないかもしれない！」


ダンテの呼びかけにみんなが集まったのは、それから十分後だった。

現在部屋の中にいるのは、ギルバート、オスカー、ダンテ、ヒューイ、リーン、セシリアの六人だ。アインとツヴァイの双子《ふたご》とジェイドは、いまはローランの様子を見に行ってもらっている。ローランの名前を出した時、マルグリットは僅かにだが反応していた。もしかするとマルグリットは彼に何かするかもしれない、そう考えたセシリアは、最初に駆け込んできた双子とジェイドにローランの様子を見てくるようにと頼《たの》んだのである。

ちなみに、ローランの素性《すじょう》はもうみんなに明かしていた。双子とジェイドにはローランの様子を見に行ってもらう直前に。その他のみんなには集まってから説明していた。

本当ならば、ローランに承諾《しょうだく》を得た方がいいことなのだろうが、首尾《しゅび》よく動くため、この際なりふり構っていられなかったのだ。

ローランがノルトラッハの王族だと知って、ダンテ以外の人間は驚《おどろ》いていた。心配していたアインとツヴァイだが、『弟ってだけなら関係ないだろ』『まぁ、そうだね』と苦笑《くしょう》を浮《う》かべるだけだった。本心かどうかわからないが、少なくとも恐《おそ》れていた事態にはならないようだった。

セシリアからマルグリット襲来《しゅうらい》の話を聞いた後、場の空気は一気に重たくなった。狙《ねら》われているのが自分たちだと言われているのだから、それも当然である。

そんな話しにくい空気が漂《ただよ》っている中、最初に口を開いたのはギルバートだった。

「マルグリットの話と現在の情報を総合すると、ジャニスは自身の力を使って街の人にこの学院を襲《おそ》わせる気なのかもしれないですね」

「そう考えると、降神祭は奴《やつ》にとって予行練習のようなものだったのかもしれないいな」

オスカーの発言にギルバートは「そうですね……」と顎《あご》を撫《な》でる。

降神祭の暴徒の規模は五十人程度。

予想した通りに、ジャニスが占《うらな》いをしながらアーガラムの人たちに『障《さわ》り』発芽のきっかけを与《あた》えていたとするのならば、数はその十倍以上になるだろう。本気で学院を落としに来るのならば、数はそのさらに倍かもしれない。

「これは、事が起こってから対処するんじゃダメな感じだねー」

「でもどうするんですか？　あちらの行方《ゆくえ》は依然《いぜん》として知れませんよ？」

ダンテの言葉にリーンが厳しい声を出す。

「そんな事、俺に聞かれてもねぇ？　俺、頭を動かす担当じゃないし！」

「とりあえずは、アイツらのねぐらを捜さなきゃだな」

「マーリンたちには頼んでるわけ？」

「……頼んでるけど、見つけたって話は聞かないぞ」

どうやら最近ではヒューイがマーリンたちへの連絡役《れんらく》を務めているらしく、彼はダンテの問いに緩《ゆる》く首を振《ふ》った。

そんな彼らのやりとりを見ながら、ギルバートは厳しい顔つきになった。

「でも急がないといけないかもしれないですね」

「どういうことだ？」

「相手はもう俺たちに作戦がばれたことを知っているでしょう。それならば今晩とまではいかないかもしれませんが、確実に作戦の開始を早めてくるでしょう。それこそ俺たちが対処できないような期間で作戦を実行に移してくると思います」

ギルバートの的確な予想にオスカーの声も低くなる。

「それはまずいな……。今回の話だけで兵を動かすにはそれなりの日数がかかるぞ？　警備の兵を増やすぐらいの対処ならばすぐにできるが、それ以上はある程度の証拠《しょうこ》が必要だ」

「ま。所詮《しょせん》、たった数人の学生の意見だからねー」

「それでも全くは無視されないあたり、それなりに考慮《こうりょ》はされてるんだろうけどな」

オスカーの言葉に、ダンテとヒューイがそう意見する。

そんな彼らの意見を聞きながら、セシリアの頭の中は別のことでいっぱいになっていた。それは、ローランのことだ。

マルグリットはローランの名前に反応していた。これでマルグリットがローランに何かしていたら、それは失言をしてしまったセシリアのせいである。

事情を話すためにセシリアはここに残らざるを得なかったが、本当はジェイドたちと一緒《いっしょ》にローランの安否を確かめに行きたい気持ちでいっぱいだった。

「ねぇ、ジェイドたち遅《おそ》くない？」

セシリアがそう口にしたのは、ローランを危険に晒《さら》してしまったかもしれないという罪悪感からではない。本当にジェイドたちが遅いと感じたのだ。

話し合いが始まってもう三十分が経《た》とうとしている。それなのに、部屋に様子を見に行っただけのジェイドたちはまだ帰ってきていなかった。これはさすがに遅すぎる。

「本当だね。どっかで道草食ってるのかな？」

「そんなわけないだろ」

能天気なダンテにヒューイがつっこみを入れたその時だ。

部屋の扉が勢いよく開いて、アインとツヴァイが飛び込んでくる。

「みんな大変！」

「ローランがいない！」

二人の言葉に、そこにいた全員が顔を見合わせる。

セシリアは顔を青くして食いついた。

「どういうこと!?」

「どういうことって、そのままだよ。ローランが部屋にいなかったんだ!」

「ジェイドがまだ一人で捜してくれてるけど、あの感じは多分いないと思う」

オスカーは口元を押さえた。

「それじゃ、もしかして本当にマルグリットが……？」

「そうとも限らないみたいでさ……」

意味深な言葉を吐《は》いたのはアインだ。彼はまるで内緒話《ないしょばなし》をするように声を潜《ひそ》める。

「実は、ローランが一人で外に行くのを見たってやつがいるんだよ」

「え？」

「なんだか焦《あせ》ってたみたいで、声をかけられなかったって……」

その言葉を聞いて「もしかして……」と呟《つぶや》いたのはリーンだった。視線が集まると、彼女は自分の意見を口にする。

「ローラン様はセシル様とマルグリット様のお話を扉《とびら》の外で聞いていたのではないですか？　それで、ジャニス王子がいそうなところへ向かった……」

「え!?　でもローランはジャニスの行方を知らないんじゃ？　それに、ジャニスが隠《かく》れていそうな場所は、話を聞いてギルが調べたって」

セシリアの視線を受けて、ギルバートは眉間《みけん》に皺《しわ》を寄せた。

「もしかしたら、本当に隠れていそうな場所は、俺たちには教えていなかったのかもしれないね」

「どうして！」

「それは、俺たちがジャニスを見つけたら、彼が罰《ばっ》せられるとわかっていたから……」

「つまり、ローランは兄の悪事をある程度知っていて、それで匿《かくま》っていたということか」

オスカーの言葉にセシリアは青くなった。

つまりローランは今ジャニスのもとへ向かっているということだ。

ローランがジャニスを慕《した》う気持ちは本物だが、ジャニスがローランをどう思っているのかはわからない。もしかすると、会った途端《とたん》に……なんてことも考えられる。

「ま、匿っていたというよりは、可能性のある場所を教えなかったってことでしょうけどね」

「早く捜さないと！」

「でも、捜すって言ったって……」

渋《しぶ》い声を出したのはヒューイだった。どうやって捜すんだということを言いたいらしい。

セシリアだってそんなことわからない。でも一刻も早く捜し出さなければ、彼の身が危険にさらされてしまうかもしれないのだ。

焦るメンバーに「あの……」と手を上げたのはツヴァイだった。

「僕に任せてもらえませんか？」

第五章 本当の最終決戦

兄様は悪いことをしているのかもしれない。

ローランの胸には、そんな予感が常にあった。

それはジャニスが本格的に失踪《しっそう》する前から。正確には、彼の母親であるクロエが死んでから、ずっと胸に蟠《わだかま》っていた。

だって誰《だれ》よりもそばで、ローランは彼のことを見てきたのだ。一番上の兄が彼に軽蔑《けいべつ》の言葉を投げかけている時も、二番目の兄が彼に無視を決め込んでいる時も、ローランは決してジャニスのそばを離《はな》れず、ずっと変わらず慕っていた。そばにいた。そんなローランだからこそ誰よりもジャニスの変化には敏感《びんかん》だった。

本格的に失踪してからは、予感はある種の確信に変わり、ローランの胸を締《し》め付けた。

大好きだった。本当に大好きだった。

尊敬していた。敬愛していた。尊崇《そんすう》していた。

彼のようになりたいと心から願っていたし、また彼のようにはなれないだろうと諦《あきら》めに似た憧《あこが》れの気持ちも抱《いだ》いていた。

だからこそ、彼の悪事を知って、こう思うのだ。

（兄様を止めないと！）

絶対に止めなくてはならない。

ジャニスは死のうとしている。しかも、たった一人で死ぬのではなく、大勢の人を道連れに、彼は死のうとしている。その理由も方法も全くわからないけれど、しかし自分の予感が正しいということだけは、ローランは自信を持って言えた。

ローランは走る。

向から先は、街のはずれにある打ち捨てられた教会だ。そこは以前、ジャニスから『母親との思い出の場所』として聞いていたところだった。

それが、どういう思い出かはわからない。

ただ、ジャニスの母親であるクロエはこの国の出身らしく、数年に一度はジャニスを連れてこの国に戻《もど》ってきていたらしい。その教会の墓地にはクロエの両親が埋葬《まいそう》されているらしく、いつも一緒に墓参りをしたのだと、彼はなぜか楽しげにその時の思い出を語っていた。

どうしてそんなに楽しそうなのかわからなかったけれど、その時のことを思い出すジャニスの顔がとても楽しそうで、幼子ながらに『その教会は兄様にとって大切な場所なんだな』とローランは思っていた。

（海を背にした、崖《がけ》の近くに建つ教会！）

ローランはジャニスから聞いた話を思い出しながら足を進める。

図書館で調べた限り、この町にそんな教会は一つしかなかった。だからきっと間違《まちが》いないだろう。

(ここに、兄様はいる!)

目の前には、闇夜《やみよ》に建つ、打ち捨てられた教会。それは迫《せ》り出した崖の上に建っているようだった。教会の下からは波が打ち付けるような音が聞こえてくる。

その不気味さは足が震《ふる》えるくらいだったけれど、ローランは勇気を振《ふ》り絞《しぼ》り、教会の建物に向けて声を張り上げた。

「兄様、いるんでしょう? いるなら出てきてください! 私です! ローランです!」

その声は、虚《むな》しく暗闇に吸い込まれる。

「お迎《むか》えにあがりました! 私と一緒《いっしょ》にノルトラッハに帰りましょう!」

答えてくれるものは、誰もいない。

ローランは渾身《こんしん》の力を込めて再び叫《さけ》ぶ。

「兄様――!」

「……ローラン?」

その声が聞こえたのは正面からだった。顔を上げれば、教会の扉が開いて一人の男性がローランのことを見ている。彼はその男性をよく知っていた。

白銀の髪《かみ》に、アメジストのような紫色《むらさきいろ》の瞳《ひとみ》。鼻筋が通っていて、手足は長い。いつも優《やさ》しげな笑《え》みを浮《う》かべている、その人は——

ローランはたまらず駆《か》け出した。そして、目元に涙《なみだ》を浮かべながら彼の胸に抱きつく。

「兄様！」

「どうしてお前がこんなところにいるんだ？」

「兄様を、兄様を捜してっ……！」

その後は言葉にならなかった。

嬉《うれ》しいような、苦しいような、喩《たと》えようもない気持ちが胸を占拠《せんきょ》して、涙が溢《あふ》れそうになった。しかしそれはぐっと我慢《がまん》する。自分の目的は彼の胸で泣くことではない。

だから、精一杯《せいいっぱい》の想《おも》いを込めて、ローランはこれだけを口にする。

「兄様、もう帰りましょう！　兄様のことは私がちゃんと匿いますから。王宮には戻らなくてもいいですから！」

「……ローラン」

「前に行った北の大地があったでしょう？　あそこのオーロラが見えるところに土地を買ったんです。そこに兄様を匿えるように——」

「私は行かないよ」

まるで冷や水を浴びせかけられたようだった。

その冷たい声にローランは信じられないという面持《おもも》ちでジャニスのことを見上げる。

「兄様?」

「帰りなさい、ローラン。ここはお前のいるべき場所じゃない」

「でも、兄様——!」

「迷惑《めいわく》だと言ってるんだ」

厳しい声を出すジャニスの後ろには、いつの間にか一人の綺麗《きれい》な女性と、彼のナナシがいた。

名前は確か、ティノ、だったか。

二人はジャニスを止めることなく、じっとローランとのやりとりを見守っている。ジャニスはローランから距離《きょり》を取ると、先ほどよりももっと冷たい声を出した。

「知っているか、ローラン。お前は私のことをずっと慕ってくれていたが、私はお前のことがずっと嫌《きら》いだったよ」

「え?」

「ずっとずっと嫌いだった。だって、私の後ろをついて歩くことしかできない能無しのどこを好きになれというんだ。父上の手前、仲良く見えるよう振る舞《ま》っていたが、本当はずっと、お前の手を振り払《はら》いたくて仕方がなかったんだよ」

「兄様……」

発した声は震えていた。気がつけば両足も震えていて、どうしてそんなことを言うのだろうという虚しい気持ちばかりが胸の中で大きくなる。

「私が怖《こわ》いか？　それでいい。もう帰れ。そしてもう二度と、私の前に姿を見せるな。虫唾《むしず》が走る」

ジャニスはそう吐《は》き捨てると、ティノに手を伸《の》ばした。するとティノは彼の手に鞘《さや》に入ったままの剣《けん》を渡《わた》す。レイピアのような細長い剣だ。

ジャニスは装飾《そうしょく》のついた鞘を無造作に投げ捨てると、剣を一度だけ振り、そして切っ先をゆっくりとローランに向けた。その所作には、一点の曇《くも》りもない。

「私は本気だ。ローラン、早くこの国から――」

「兄様、私を舐《な》めないでください！」

ローランは躊躇《ためら》うことなく剣を掴《つか》んだ。瞬間《しゅんかん》、ジャニスがはっと息を呑《の》む。剣の刃《やいば》が当たっているからだろう、手のひらがじわりと湿《しめ》った。血が手首から腕《うで》にかけて何本もの線を引く。

「知っていますよ。本心じゃないでしょう？　私をこの国から逃《に》がすためにそう言ってくださっているのでしょう？　……私は、大丈夫《だいじょうぶ》です」

掴んだ剣の切っ先を額に当てる。グッと力を込めると、手のひらから流れているのと同じものが、額から滑《すべ》り落ちてくる。

「私は、ちゃんと覚悟《かくご》ができていますから」

「やめっ――!」

ジャニスが思わずそう声を荒《あら》らげた時だった。

「ローラン!」

唐突《とうとつ》にそんな声が背中から聞こえた。振り返ると肩《かた》に何やら模様のようなものが煌々《こうこう》と浮かび上がっている。そして、目も開けていられないほどの光で視界が満たされた。

「やっと見つけた! ジャニス!」

次に目を開いた時、ローランはセシルに庇《かば》われるように、その場で腰《こし》を抜《ぬ》かしていた。


『僕、念のためにローランの背中に印をつけておいたんだ』

ツヴァイはどこか申し訳なさそうにそう言った。

印というのはあれだ。彼の能力である『転送』をする時のための印である。

ローランは普段《ふだん》から一人で何やら行動することが多く、『迷子になった時に助けに行けるように』という彼の判断で、ローランに無断で印をつけていたというのだ。

ローランのもとに向かえるのは、最大で六人だ。ツヴァイの力で三人。ツヴァイに宝具を借りたリーンの力で三人。

なのでローランのもとに向かったのは、セシリアとギルバートとオスカー、さらに、ツヴァイも彼らについていった。残りのメンバーは、いざという時のために学院に残っている。

そして、転送された先でセシリアが最初に見たのは、教会の外でジャニスから剣を突《つ》きつけられるローランだった。

「ローラン、大丈夫？」

突然《とつぜん》のことに呆《ほう》けるローランをその背に庇い、セシリアはジャニスと対峙《たいじ》する。

抵抗《ていこう》でもしたのか、ローランの手のひらは切れていて、額からも血が流れていた。

セシリアが呼びかけると、ローランはハッとしたような表情になり、彼女に縋《すが》り付いてくる。

「やめてください、セシル！　兄様は――」

この期《ご》に及《およ》んでもジャニスを庇おうとするローランにセシリアは困惑《こんわく》したような表情になった。

必死なローランに視線を落としていると、正面から唸《うな》るような声が聞こえてくる。

「あぁもう。本当に腹が立つね、君たちは。どこまで邪魔《じゃま》すれば気がすむんだ」

ジャニスが乱暴に髪の毛をかき上げる。そして、奥歯を噛《か》み締《し》めた。

彼が手を叩《たた》き合図を送ると、遠くの方から雄叫《おたけ》びが聞こえてくる。

セシリアはハッとした顔で振り返った。

「何をしたの？」

「作戦の開始を早めたんだよ。仕方がないだろう？　君たちに作戦を邪魔されるわけにはいかないからね」

ジャニスはそう言うと同時に、背後にいるティノに視線で指示を出す。

ティノはジャニスの命令に一つだけ頷《うなず》くと、雄叫びが上がった方向に走り出した。オスカーがすぐさま彼を止めようとするが、マルグリットが彼の前に立ちはだかり、ティノはその隙《すき》に森の中に消えてしまう。

ティノの背中が消えたのを見届けて、ジャニスは先ほどの続きとばかりに口を開く。

「マルグリットから話を聞いて、ある程度予定が早まるのは仕方がないと思っていたけれど、まさかローランを利用してここまでたどり着くとはね」

「利用したわけじゃ――！」

「これを利用と言わなくて、なんと言うんだ」

まるで忌《い》ま忌ましいものを見るかのようなジャニスの視線に、セシリアの背筋は凍《こお》る。飄々《ひょうひょう》とした彼がここまで感情を表に出すのは初めてのことだった。

それほど作戦を邪魔されたことが腹立たしいのだろうか。もしかすると、ローランを利用したという事実が彼の癇《かん》に障《さわ》ったのかもしれない。

「ティノはどこに行ったの？」

「彼は蟻《あり》の大群の指揮をしに行ったよ。蟻たちには私かティノの言うことを聞くように言いつけてあるんだ。――本来の人数には少したりないけれど、これでも十分、学院は潰《つぶ》せる」

その言葉にセシリアは、ハッとした顔でツヴァイを振《ふ》り返った。

「ツヴァイ！　今すぐ戻《もど》って残ってる人たちに生徒を避難《ひなん》させるようにお願いして！」

「わ、わかった！」

「あと、ローランを！」

「いやだ！」

まるで駄々《だだ》をこねる子どものようにローランはセシリアの服を摑んで放さない。ツヴァイの能力がどういうものか彼は知らないはずだが、セシリアたちがいきなり現れた様子から、なんとなく察してはいるのだろう。

「無理やり連れて行こうとするなら、ここで舌を嚙み切ります！」

「ローラン！」

「私は兄様を止めなくてはならないんです！」

そこでまた『障り』を発芽させた人間たちの咆哮《ほうこう》が聞こえた。もしかするとティノがどこかの集団と合流したのかもしれない。ここから街まではそれなりの距離があるのに、ここまで声が聞こえているという事は相当な人数が『障り』を発芽させているのだろう。

事の重大さを察知して、オスカーがツヴァイに叫《さけ》ぶ。

「時間がない。とりあえず、ツヴァイだけでも帰れ！」

う。

「わかった！」

ツヴァイは頷き、自身の胸に手を当てる。すると、すぐさま光が弾《はじ》けて彼の姿は消えてしまう。

その様子を見て、ジャニスは子どもを褒《ほ》めるかのようにゆっくりと手を叩いた。

「いざという時に備えて、連絡係《れんらくがかり》も一緒《いっしょ》に来たんだね。あと、一番機動力がありそうな奴《やつ》もむこうだ。えらいえらい」

一番機動力がありそうな奴、というのはダンテのことだろう。

ゆっくりと近づいてきた彼に、オスカーとギルバートはセシリアの前に立つ。

彼らの後ろから、セシリアはジャニスに問いかける。

「貴方《あなた》は一体何が目的なの？　本当にこの国を壊《こわ》すことだけが貴方の目的なの？」

「私の目的は、全部を壊すことだ」

「全部？」

「『障り』なんてものを生み出したこの国を。私に残酷《ざんこく》な運命を背負わせ、母を殺した自身の国を。醜《みにく》い力を持って生まれた私自身を。全部、全部壊すことだ」

その言葉はセシリアたちの予想を肯定《こうてい》するものだった。

ジャニスはこの国の破滅《はめつ》とともに自分の破滅も願っている。彼が今から行おうとしているのは、国を盛大に巻き込んだ大規模な心中だ。

自分の身と引き換《か》えにこの国を壊し、自分を止められなかったノルトラッハにすべての責任を負わせる。だから彼は自分を隠《かく》さない。ノルトラッハの第三王子として、この国を壊そうとしているのだ。

その話を聞き、マルグリットは視線を落としていた。

ジャニスの作戦は知っていたが、彼の心情を聞くのは初めてだったのかもしれない。

「だから私は、大罪人として君達の前に膝《ひざ》をつこう。……もちろん抵抗はするけれどね」

そう言って彼は自身の胸に手を当てる。

瞬間《しゅんかん》、彼の体から黒い靄《もや》が立ち上り、身体中に蔦《つた》のような痣《あざ》が這《は》う。

ジャニスは自分自身の『障り』を発芽させたのだ。

「ジャニス様！」

一番初めに反応したのは、マルグリットだった。ジャニスが自分自身に『障り』をつけるのは、おそらく作戦にはなかったことなのだろう。そしてその反応を見るに、ジャニスが自分に『障り』をつけるという事は、それなりのリスクを伴《ともな》うことなのだろうと予想できた。

「――っ！」

「セシル、下がって！」

ことの重大さに、オスカーとギルバートが色めき立つ。二人が警戒《けいかい》の色を強めるのと同時に、セシリアもぎゅっとローランの手を握《にぎ》った。

『障り』を発芽させてもジャニスは他《ほか》の人間たちのように取り乱すようなことはなかった。正気を保てなくなっているというよりは、感情がなくなっているかのようにセシリアには見える。

ジャニスは手に持っている剣《けん》を一振《ひとふ》りすると、腕《うで》を伸《の》ばし、まっすぐにセシリアへ切っ先を向けた。

そうして、ジャニスが走り出そうとした時――

「兄様っ！」

「ローラン!!」

ローランがセシリアの手を無理やり振り払《はら》って、ジャニスの前に躍《おど》り出た。そして、タックルを食《く》らわせるように、そのまま彼の身体《からだ》にぎゅっと抱《だ》きつく。

「兄様！　兄様、やめてください！　もうこれ以上罪を重ねないでください！」

ジャニスは動かなかった。『障り』に侵《おか》されているにもかかわらず、彼はローランを見つめたまま、しかし剣から手を離《はな》すこともなく、その場に佇《たたず》んでいる。

「……ロー……ラン」

掠《かす》れた声で、ジャニスは弟の名前を呼ぶ。暗い瞳《ひとみ》は縋り付く彼の背中をじっと捉《とら》えていた。

立ち止まったジャニスに、ローランは身体を離し、さらに声を張った。

「正気に戻ってください、兄様！　お願いですから！」

彼の必死の懇願《こんがん》は涙《なみだ》に濡《ぬ》れていた。大粒《おおつぶ》の涙を頬《ほお》に転がしながら、彼は必死に言葉を重ねる。

「辛《つら》い兄様の気持ちに寄り添《そ》えなくてすみません！　ずっと一人で耐《た》えさせてしまってすみません！　私は兄様の後をついていくばかりでしたが、今度からはちゃんと兄様の隣《となり》を歩きますから！　歩けるように努力しますから！」

その言葉にジャニスは、剣を握る手に力を込めた。そして大きく腕を引く。

「ローラン！」

セシリアは最悪の事態を予想して走り出した。しかし、もう構えきっているジャニスの動きに間に合うわけがない。

彼の腕は、そのままローランの胸めがけて真っ直《す》ぐと伸びた。

「――ぅ」

肉を貫《つらぬ》く音と、小さなうめき声。ぼたたたた、と重たい液体が地面に落ちる音が、その場にいる全員の耳に届く。

ジャニスの足元に広がる血の赤。彼の靴《くつ》を汚《よご》したその血は、ローランのものではなかった。

「マル、グリット……」

胸を真っ赤に染めあげた彼女の手が、ジャニスの頬に浮《う》かび上がった痣に触《ふ》れる。それと同時に『障り』が祓《はら》われ、ジャニスの目に光が戻ってくる。

正気に戻ったジャニスは信じられないというような顔で、マルグリットの顔を見つめていた。

そして、震《ふる》える手を剣から離す。

剣はマルグリットの胸からも抜《ぬ》け落ちて、地面を転がった。同時に栓《せん》を抜かれたかのようにマルグリットの胸から血が噴《ふ》き出て、地面をさらに赤く染め上げる。

足元もおぼつかない彼女を、ジャニスは抱《だ》きとめた。

「どうして。どうして、君がローランを守るんだ？」

「何を、言ってらっしゃるんですか？　私が守ったのは、貴方の弟君ではありませんよ」

「しかし……っ！」

「勘違《かんちが》いなさらないでください。私が守ったのは、貴方の心です。ローランを、殺して、いたら、貴方の心は、今にも、まして、こわ、れて、いたでしょう？」

息をするのも辛いのだろう、マルグリットの声は段々か細く、途切《とぎ》れ途切れになっていく。

そんな彼女を支えながらも、ジャニスも胸を押さえた。荒《あら》い呼吸を繰《く》り返す彼はどこからどう見ても平気そうに見えない。それはきっと大量の『障《さわ》り』を操《あやつ》る代償《だいしょう》なのだろう。もしくは、自分に『障り』をつけた代償か。

ジャニスは膝をつく。彼の顔は青いを通り越《こ》して土気色だった。目の下には、先ほどまではなかったくまが現れており、その表情からは死期が感じられた。きっと、彼の命はもう長くはないのだろう。

「ジャニス、だい、じょうぶ、です。わたしが、いますから」

「マル、グリット……」

マルグリットは最後の力を振《ふ》り絞《しぼ》ってジャニスを伴い移動する。

辿《たど》り着いたのは、陸の端《はし》だった。彼女たちが立っている場所の下からは相変わらず波が打ち付ける音が聞こえてくる。

お互《たが》いにお互いを支え合った二人は、こちらに視線を向けた。

マルグリットの視線がセシリアに向いて、唇《くちびる》が弧《こ》を描《えが》いた。そして——

『ありがとう』

「マルグリット！」

「兄様！」

セシリアとローランが駆《か》け寄る前に、二人はその身を崖《がけ》の下に投げた。セシリアが崖の下を覗《のぞ》き見たときにはもう二人の姿は闇《やみ》の中に消えていて、波が岸壁《がんぺき》に当たって砕《くだ》ける音だけがずっと耳に残っていた。

エピローグ

ジャニスとマルグリットが海に落ちたのと同時刻に、街の人についていた『障り』は全《すべ》て消え失《う》せたらしい。それと同時に彼らを指揮していたティノもいなくなり、暴動は起こる前に鎮《ちん》圧《あつ》された。

ジャニスとマルグリットは、彼らが海に落ちた一時間後にはもう捜索《そうさく》が始まっていたが、結局見つからず、状況《じょうきょう》的に二人は死んだものとみなされ、ジャニスの名はノルトラッハの王室から除名された。

ローランは最後まで抵抗《ていこう》したらしいが、結局は何もできなかったらしい。

そして時は流れて、三月末日——

「結局、儀式《ぎしき》は学院で行われることになったのね」

ヴルーヘル学院の講堂。その側《そば》にある控《ひか》え室のような一室で、リーンは感慨《かんがい》深げにそう言った。彼女の目の前では、以前リーンが降神祭の時に着ていたような真っ白な修道服を着たセシリアが椅子《いす》に座っていた。

そう、今日は選定の儀《ぎ》が終わり、セシリアが新たな神子《みこ》としての洗礼を受ける日だった。

当然、洗礼を受けるのはセシリアなので、男装などはしていない。

厳《おごそ》かな式が行われる前だというのに、リーンはいつも通りの溌剌《はつらつ》とした声を出す。

「でも、よかったわね。これなら道中、盗賊《とうぞく》に襲《おそ》われることもないじゃない！」

「そうだね。まぁ、神殿《しんでん》でのゴタゴタで祭壇《さいだん》は使えなくなってたみたいだし、順当と言えば順当なのかな？」

ゲーム本来の流れで行くと、セシリアが神子に選ばれた場合、彼女は神殿に向かう途中《とちゅう》で盗賊に襲われて亡《な》くなってしまう。しかし、以前神殿の祭壇でジャニスと大立ち回りをした結果、現在祭壇は使える状態にないらしく、妥協案《だきょうあん》としてヴルーヘル学院の講堂が儀式の場に選ばれたのである。

「最初はさ、祭壇が使えなくても教会側は神殿でやるって言ってたんだけど、ギルが『そんなもの、神託《しんたく》が下ったとか言っとけば、なんとかなるんじゃない？　神殿の人たち、随分《ずいぶん》と神子には妄信《もうしん》的みたいだからさ』ってアドバイスくれて……」

その言葉に背中を押されるように『神託があったんですが……』と教会側に相談を持ちかけ

たところ、なんとあまりにもあっさり要望が通ってしまったのである。

しかも、人数は最低限。神子と枢機卿《すうききょう》、それと儀式を手伝う数人だけしか儀式には参加しない予定だ。騎士《きし》たちも呼んでいない。ギルバートやオスカー、ダンテは良《い》いのだが、それ以外の人間はまだセシリア＝セシルになっていないため、このあたりもギルバートの提案で教会側に相談したのである。

「ギルには最初から最後まで、助けられてばかりだよね」

結局、彼に何も返せなかった事実に、セシリアは苦笑いを浮かべながら頬《ほお》を掻《か》く。

その様子を見ながら、リーンは腕《うで》を組んだ。

「本当に、ギルバートとは前の通りなのね」

「え？」

「ふったんでしょ？　そのぐらい、気づいてるわよ」

さらりと言ってのける彼女に、セシリアは口をあんぐりと開けたまま固まってしまう。当然だが、ギルバートとのことは誰《だれ》にも言っていなかった。今まで誰にも指摘《してき》されていなかったので、隠《かく》し通せているとばかり思っていたのだが……。

驚《おどろ》くセシリアを視界の端に捉《とら》えたまま、リーンは片眉《かたまゆ》を上げた。

「ま、私以外が気づいているかはわからないけれどね。ギルバート、セシリアに比べて本当にいつも通りだし。セシリアの違《ちが》いも私じゃなきゃ気づかなかっただろうしね」

「そっか……」

「結構ショックでしょうに、あの辺の胆力《たんりょく》は本当に見習いたいぐらいだわ。……ってか、実はまだ諦《あきら》めていないんじゃない？」

「どう、なのかな？」

困ったように眉を寄せながら思い出すのは、ジャニスとマルグリットが海に落ちてしばらく経《た》ってからのことだ。

その日はギルバートから誘《さそ》われ、一緒《いっしょ》に温室で昼食を取っていた。

以前と全く変わらないギルバートの様子に、セシリアがなんとなく居たたまれなさを感じていると、彼の方からこう切り出してきた。

『あのさ。俺、セシリアのこと諦めたわけじゃないから』

『え？』

『セシリアは鈍《にぶ》いからさ、押したら案外いけそうだし。それに、ほら。オスカーとの婚約《こんやく》が正式に破棄《はき》されれば、俺に振り向いてくれるかもしれないでしょ？』

その言葉と柔《やわ》らかい笑《え》みに、セシリアは食べていたサンドイッチを飲み込んだ。彼女の緊張《きんちょう》しきった面持《おもも》ちを的確にくみ取って、彼は言葉を続ける。

『諦めの悪い俺が意外？』

『そう、だね』

気持ちが読まれている。

そのことにもう驚いたりはしないけれど、セシリアはなんと返して良いかわからなくて視線を下げた。何にも執着《しゅうちゃく》しないギルバートにそこまで言ってもらえる自分の存在が嬉《うれ》しい反面、ここまで想《おも》ってくれている彼に気持ちを返せない罪悪感が頭をもたげる。

『俺が言いたいのはね、セシリア。人の気持ちなんて、そうそう変わらないってこと。俺がセシリアのことを好きなのも。セシリアが俺のことを家族としてしか見られないのも』

『それは……』

『だから、今まで通りに接してよ。それで俺が不快になるなんて事、絶対にありえないからさ』

最後の言葉が言いたかったのだろう。彼は彼女の頬についたパンのかけらを口に運び、再び笑みを浮《う》かべた。

彼の『諦めない』がどこまで本当なのかはわからない。でも本当だとして、だから彼の態度が変わらないのではないと思うのだ。

彼はきっと努力して『いつも通り』を続けてくれているのである。

そんな話をしていると、不意に部屋の扉《とびら》が叩《たた》かれた。「はーい」と返事をすると「俺だ」という聞き慣れた声が返ってくる。その声に二人は顔を見合わせた。声の主に覚えがあったからだ。

衣装のせいで動きにくいセシリアの代わりに、リーンが慌《あわ》てて扉を開ける。すると、そこには案の定、私服姿のオスカーがいた。

セシリアの目は驚きで見開かれる。

「オスカー、どうかしたの？」

「少し様子を見にな。儀式の前で緊張しているかと思ったが、そんなことはなさそうだな」

いつもと変わらない元気そうなセシリアの様子を見て、オスカーは頰を引き上げた。

そんな彼の優《やさ》しさに、セシリアの口角も上がる。

「緊張してないって言ったら嘘《うそ》になるけどね。でも、神殿には行かなくてよくなったから、ちょっとは気が楽になったかも」

「そんなに神殿には行きたくなかったのか？」

「うん！　神殿に行きたくないっていうか、道中、盗賊に襲われて死んじゃうかもしれなかったからさ。そうならなくて安心してる！」

「は？」

オスカーはセシリアのとんでも発言に、眉間《みけん》の皺《しわ》を揉《も》む。しかし、これまでの話から、彼女が話しているのは前世の情報なのだろうということは理解してくれたようで、「そうか。それは良かったな……」と疲《つか》れたような声を返してくれた。

そんな二人の様子を見ながら、リーンは扉に向かう。そして「そろそろ儀式だと思うので、私は様子を見てきますね」と猫《ねこ》をかぶった声色《こわいろ》を出しながら部屋を後にした。

「それにしても、結構重そうな衣装だな」

オスカーはセシリアの衣装に目を滑《すべ》らせながら、心配そうな声を出す。そんな彼を安心させるように、セシリアは椅子から立ち上がるとスカートの裾《すそ》を摑《つか》み広げてみせる。

「見た目は重そうだけど、実はそうでもないんだよ？」

「そうなのか？」

「装飾《そうしょく》が多いから壊《こわ》しちゃいけないって緊張感はあるけどね」

セシリアが着ているのは、リーンが降神祭の時に着ていたような真っ白な修道服ではあるが、そっくりそのまま同じものではなかった。リーンが着ていたものよりも華美《かび》で、全体的に装飾が多い。ドレスではないのだが、ともすればそう見えてしまうのではないかというぐらいの豪《ごう》華《か》さがあった。

「白くて裾が長いから、なんだか結婚《けっこん》式のドレスみたいだよね！」

「そうだな」

「あぁ、でもさ、本番はもうちょっと膨《ふく》らんだ形が良いな」

「本番？」

「うん！　オスカーの髪色《かみいろ》が赤だから、ドレスのどこかにワンポイントで赤色足しても良いかなぁって思ってるんだけど、オスカーはどう思う？」

「……」

「オスカー？」

セシリアは、固まってしまったオスカーの顔を覗《のぞ》き込む。彼の頬は赤く、なぜか少し照れているようだった。照れるようなことを言った覚えがないセシリアは、軽く首を傾《かし》げる。

「オスカー、私――」

「お前は今、なんの本番の話をしているんだ？」

「え？」

「俺の聞き間違《まちが》いじゃなければ、俺たちのけっこ――」

「わぁあぁ、待って！　待って！　わかったから待って！　口に出さないで！」

自分がいつの間にか結婚式の本番の話をしていたことに気がついて、セシリアはオスカーの口を両手でぎゅっと塞《ふさ》いだ。

「今のは無意識だから！　意味わかってなくて発しちゃっただけだから！　あんまり深くは考えないで！」

オスカーは焦《あせ》ったようなセシリアをしばらく見下ろした後、自身の口を塞いでいる彼女の手首を摑んだ。そして、彼女の両手首を両手でゆっくりと降ろす。

オスカーは自由になった口からすぐに言葉を発さず、しばらく逡巡《しゅんじゅん》した後、こう言って唇《くちびる》を引き上げた。

「本番、楽しみにしてる」

「ど、どっちの本番!?」

「言った方がいいのか？」

「言わなくていい！」

赤い顔で叫《さけ》ぶようにそう言った直後、扉がもう一度開き、リーンが顔を覗かせた。そして、再び猫をかぶったような声を出す。

「セシリア様、枢機卿《すうききよう》様がお呼びですよ」

「は、はーい！」

「気をつけろよ」

「うん！」

セシリアは赤い顔を収め元気よく返事した後、儀式《ぎしき》の場である講堂に一人緊張した面持ちで向かうのであった。


「随分《ずいぶん》と繕《つくろ》うのがお上手になったのですね」

リーンが挑戦《ちようせん》的に言ってのけたのは、セシリアの背中が見えなくなった直後だった。彼女が言葉を向けているのは横にいるオスカーだ。「うるさい……」と小さく唸《うな》る彼の顔は先ほどの数倍は赤く、耳どころか首筋まで真っ赤になっていた。手の甲《こう》だって、いつもよりも赤みを帯びている。オスカーは手で自身の顔を半分隠《かく》しながら、扉の外で会話を盗《ぬす》み聞いていただろうリーンに、視線だけを向けた。

「あんなこと言われたら、誰《だれ》だって顔が緩《ゆる》むだろうが……」

「まぁ、そうでしょうね。でも、まだ浮かれるには早いんじゃないですか？　セシリア様の中で、オスカー様との結婚は感情関係なく置かれた未来なのですから」

「そんな事はわかってる。わかってはいるが、それでも嬉しいんだから、しょうがないだろう？」

いつもの調子を取り戻《もど》しつつ、彼はそう言って熱くなった顔を手で扇《あお》ぐ。

「ま、どう妄想《もうそう》されるのも構いませんけれど。もし、私の親友がそちらに靡《なび》いた場合、絶対に幸せにしてくださいね。そうじゃないと私、オスカー様のこと大嫌《だいきら》いになっちゃいますから」

『大嫌い』に妙《みょう》な含《ふく》みを持たせながら、リーンがそうすごむ。

そんな彼女に、オスカーは一拍《いっぱく》の間を置いて相好を崩《くず》す。

「そういう話なら、問題ない」

「あら、自信満々ですね」

「それはまぁ、自信があるからな」

唇の端《はし》を引き上げるだけの薄《うす》い笑《え》みを浮かべる彼を目の端で捉《とら》えて、リーンが「あらあら」と小さな声で楽しそうに呟《つぶや》いた。

その後、選定の儀《ぎ》を終えたセシリアは形ばかりの神子《みこ》になった。
国民には『神子が決まった』という事実以外、誰が神子になったかは周知されず、ただ、リーンではないということだけが学院の生徒に静かに広まっていった。

そして四月、ヴルーヘル学院にも新入生が入ってきた。
浮《う》き足立つ新入生たちの目的は、学習と、人脈と、体験。
そして、『王子様』。

ヴルーヘル学院には『王子様』がいる。

透《す》き通る金糸のような髪に、サファイアのような瞳《ひとみ》。
長い手足に、誰をも魅了《みりょう》する中性的な顔立ち。
足音を立てずに廊下《ろうか》を歩く様は、まるで一輪の白き薔薇《ばら》のよう。
目の前で女性が躓《つまず》けば、彼はさっと手を伸《の》ばし甘いマスクと甘美な声でこう囁《ささや》くのだ。

「怪我《けが》はないかい、お姫様《ひめさま》」

　その瞬間《しゅんかん》、どこからともなく黄色い声が上がる。

『王子様』の名前は、セシル・アドミナ。

　あんなになりたくなかった神子にとうとうなってしまった、公爵令嬢《こうしゃくれいじょう》、セシリア・シルビィの仮の姿である。

　一つ学年が上がった彼女は、今日も元気に『王子様』として学院に通うのだった。


「ローラン様、お手紙です」

　ノルトラッハの王宮にある自室でローランは生気のない表情で使用人から手紙を受け取った。

　ジャニスがいなくなって、もうすぐ二ヶ月。葬儀《そうぎ》も行われなかった彼の死に納得《なっとく》なんてできるはずもなく、それでも過ぎていく日常に彼は振《ふ》り回されていた。

　ジャニスが王室から除名された。

それだけでも国に衝撃《しょうげき》が走ったのに、選択肢《せんたくし》としてなかった四番目が王太子として立つと知れてからは、やっぱり国の中が少し混乱した。

そんな混乱を少しでも早く収めるため、ローランは彼の死を悼《いた》む間もなく、ずっと働きづめだったのだ。

国を愛する気持ちはある。けれど、自分の愛する兄をこんなふうに『なかったもの』として扱《あつか》うこの国に身命を賭《と》せるかという話になったら、正直わからなかった。

それでもジャニスと過ごしたこの地を捨てる気にはなれず、結局彼は自分の立場を受け入れることにしたのである。

そんなときに届いたのがこの手紙だった。

すり減った気持ちのまま、まるで全《すべ》てを忘れるように仕事に没頭《ぼっとう》していた彼に、突然《とつぜん》届いた個人的な手紙。

送り主は書いておらず、使われている封蠟《ふうろう》印も見たことがないものだった。

封筒《ふうとう》を開ける。入っていたのは、便箋《びんせん》ではなく一枚の絵だった。

風景画だ。

紫色《むらさきいろ》の背景に、遠くに見える山々。右端《みぎはし》には一本の枯《か》れ木が立っていて、画面の中央には緑や黄色で描《えが》かれた光のカーテンが波打っている。

「これって！」

ローランは慌《あわ》てた様子で裏を見る。

ハガキ大の絵の裏には一文だけ彼に宛《あ》てたメッセージが書いてあった。


『約束を守れなくてすまなかった』


いつかオーロラを一緒《いっしょ》に見る。

その約束をローランとしたのは、他《ほか》でもないジャニスだ。

ローランは手紙を持ったまま飛び出して、先ほどこの手紙を持ってきただろう使用人に食《く》らいついた。

「この手紙は？　誰から!?　いつ届いたんですか？」

突然の奇行《きこう》に、使用人は目を白黒させる。

たまたまそこにいた使用人の何人かも足を止めた。

「いえ、わかりません。あの、私はイザベルさんに頼《たの》まれて……」

「え？　私はアンヌにそんなもの渡《わた》せなんて頼んだ覚えはないけどね」

「えぇ!?」

その会話にローランはぎゅっと手紙を握《にぎ》りしめた。

そして窓の外に目をやり、どこか嬉《うれ》しそうな声で「兄様……」と呟くのだった。

巻末書き下ろし短編『二人っきりの夜』

ノルトラッハに向かう道中、国境付近にある町でセシリアとオスカーは同室になった。
これは、その夜の出来事である。

『いいか。ここよりこちらには入ってくるなよ。入ってきたら、身の安全は保証できないからな』

セシリアにそう釘《くぎ》を刺《さ》したのが、一時間前の出来事。
オスカーは彼女と同じベッドに入ったまま、深い深いため息をついた。彼の視線の先にはセシリアの姿。彼女はオスカーの方を向いたまま、瞼《まぶた》をしっかりと閉じて、寝息《ねいき》を立てている。気持ちよさそうに眠《ねむ》る彼女の姿はまるで精巧《せいこう》に作られた人形のようだ。もしくは、完璧《かんぺき》を目指して彫《ほ》られた彫刻《ちょうこく》のようにも見える。

(綺麗《きれい》だな……)

そうは思うが、先ほどのため息は、そんな彼女の美しさゆえに漏《も》れたため息などではなかった。いや、もしかしたらそういった気持ちもどこかに含《ふく》まれているのかもしれないが、彼のため息のほとんどは、呆《あき》れと、疲《つか》れと、怒《いか》りと、苦悩《くのう》からくるものだった。

オスカーはもう一度、肺の空気を全《すべ》て吐《は》き出すような深いため息をつく。

彼が何度もため息をついている理由。それは彼女との距離《きょり》にあった。

（なんでこいつは、こう……）

オスカーの胸元《むなもと》にはセシリアの小さな頭があった。寝巻きに着ている彼のシャツをぎゅっと握《にぎ》りしめたまま、彼女は愛らしい寝息を立てている。ごくたまに「むぅ……」とへんな鳴き声をあげるのは、きっと夢でも見ているからだろう。

（可愛《かわい》い……）

本当に可愛い。めちゃくちゃに可愛い。どちゃくそ可愛い。

しかしながら、精神衛生上はこの上なく悪い。凶悪《きょうあく》で最悪だ。

今だって、セシリアの華奢《きゃしゃ》な肩《かた》が呼吸に合わせて小さく上下するのを見ているだけで、そのままぎゅっと力いっぱい抱《だ》きしめてしまいたい衝動《しょうどう》に駆《か》られている。まぁ、衝動に駆られているだけで、オスカーの手はセシリアの背中にも回っていないのだが……

「俺はちゃんと忠告したからな。どうなっても知らないからな」

「んん……」

「おい。言ったそばから寄ってくるな」

先ほど刺した釘のことなんかとうに忘れたように、セシリアはさらにオスカーに身を寄せた。

ただでさえ隙間《すきま》のなかった身体同士《からだ》がもっとピッタリとくっついて、オスカーの心臓のリズムが先ほどよりももう一段階速くなる。

「やっぱり一人で寝るか……」

オスカーは呟《つぶや》きながら、静かに身体を起こした。

胸元を摑《つか》んでいたセシリアの手が、彼が起き上がると同時に僅《わず》かに持ち上がる。しかし、やがて重力に負けてぽてんとベッドに落ちた。

こちら側に寄ってくるセシリアと距離をとり続けた結果、オスカーの身体はもうベッドの端《はし》に追いやられてしまっていた。これ以上端には寄れないし、この状態だと寝返りひとつでベッドから落ちてしまうだろう。

それに、もうそろそろ理性が限界だ。この、誰《だれ》かに何かを試《ため》されているような現状をなんとかした方がいい。今ここで何か間違《まちが》いがあっても、おそらく何も問題はないが、何も問題がないからこそ、ちゃんと手順は踏《ふ》むべきだ。

(というか、そもそもそういうのはちゃんと関係が――って、何を考えてるんだ、俺は!)

変な方向に空回りし出した頭をガシガシと掻《か》いて、オスカーはベッドから足を下ろした。

理由は後でいい。とにかく今すぐ離《はな》れなければ。

セシリアのためにも、オスカー自身のためにも。

(ソファでなら、足を折り曲げればなんとかなるか……)

オスカーは部屋の中を見回しながらそうあたりをつけた。布団《ふとん》が一枚しかないので掛《か》けるものが何もないのが問題だが、その辺りは上着で代用すればいいし、きっとなんとかなる。少なくとも、今のこの状況《じょうきょう》よりも寝にくいということはないだろう。

僅かに後ろ髪《がみ》をひかれながら、オスカーがベッドから出ようとした時だった。

「おすかー、どこいくの？」

微睡《まどろ》む幼子のような声が鼓膜《こまく》に届いて、オスカーのシャツの裾《すそ》が後ろに引かれた。振《ふ》り返るとセシリアが彼のシャツをぎゅっと摑んだままもう片方の手で目を擦《こす》っている。

「あー、ちょっと水でも飲もうかと思ってな」

「そっか。俺も行こうかなー」

「……なんでそうなる」

馬鹿《ばか》正直に事情を言うのは憚《はばか》られて『水を飲む』と言ったのだが、裏目に出てしまった。しかも、彼女の一人称《いちにんしょう》が『俺』になっている。これは完全にセシルの時のテンションだ。

(寝ぼけてるな……)

きっとこの調子だと記憶《きおく》のほうも曖昧《あいまい》だろう。自分がオスカーの胸にすがるようにして寝ていただなんて、彼女は朝になったら覚えてすらいないのかもしれない。

「喉《のど》が渇《かわ》いているのか？」

「そうじゃないけど……」

「それなら、お前は寝ていろ」

ついてこられると意味がない。本当に喉が渇いているというのなら水を持ってくるということも考えたが、そうじゃないならばこのまま寝かしておいた方がいいだろう。オスカーがソファで寝ると言ったら彼女はきっと「そんなこと、だめだよ！　オスカーに悪いよ！」と騒《さわ》ぐに決まっている。ギルバートではないが、そのぐらいの見当はついている。

しかし、セシリアはオスカーのシャツの裾を放そうとはしなかった。いくら引っ張ってもぎゅっと握ったままの手を開こうとしない彼女にオスカーの声は低くなった。

「おい。邪魔《じゃま》するな」

「だって、さむいー」

「さては、人を湯たんぽ代わりに使っていたな？」

「うー……」

よく見たら彼女の腕《うで》には鳥肌《とりはだ》が立っていた。どうやら寒いというのは本当らしい。

彼女が自分に縋《すが》ってきた理由をやっとここで知り、ため息と共になんだかちょっとがっかりした。いや、まさか彼女が心の中で密《ひそ》かに自分のことを想《おも》ってくれていて、無意識にそれが出た……というような甘い想像をしていたわけではないが。

（ま、もう随分《ずいぶん》と北に来たしな）

オスカーは風でガタガタと鳴る窓を見つめた。気温はアーガラムの街にいた時よりも随分と下がってしまっている。それでも宿屋の中は気密性が高く、オスカーからすれば少し肌寒い程度なのだが、彼女にとってはちょっと違うらしい。

(女性の体温は、男性よりも低いというからな)

それに加え、シュミーズは男性の寝巻きに比べればやはりちょっと薄《うす》い。彼女が着ているのは冬用の厚手のシュミーズではあるが、それもアーガラムから持ってきたものだ。このへんの気温に合わせて作られているものではない。

セシリアがオスカーのシャツの裾をついついと引く。

「おすかー……」

「情けない声を出すな。頼《たの》むから」

「うー……」

「そういう声だ。そういう声」

彼女は知っている。いや、頭では理解していないかもしれないが本能で理解している。オスカーが彼女に頼み事をされて、断れるわけがないということを。

今にもベッドから出そうなオスカーを引き止めるように、セシリアはまたついついとシャツの裾を引っ張った。

「お前が甘え上手なのは、ギルバートのせいだな……」

「ん？　ぎる？」

「なんでもない」

自分で出した話題を早々に切り上げたのは、くだらない嫉妬《しっと》から。オスカーはセシリアに向き合うと、未《いま》だに目が開き切ってない彼女に最終確認《かくにん》をする。

「俺がベッドに戻《もど》って、本当にいいのか？」

「ん？」

「忠告はちゃんとしたぞ？」

「ちゅーこく？」

「都合がいいところだけ曖昧だな……」

そういうところも愛らしいと思うのだが、今はどちらかといえば憎《にく》らしいが勝《まさ》っていた。こんな反応をされては、やっぱりどうあっても手は出せないじゃないか。

オスカーはベッドに戻るため、床《ゆか》に下ろしかけた足を再び布団に戻す。すると、セシリアもその気配を感じ取ったのか、ベッドの中央部分に身体をずりずりと移動させた。オスカーも落ちないところまで身体を移動させると、少し迷ったのちに片手で布団を広げてみせた。

「来るか？」

本当ならば誰かに頼んで毛布を持ってきてもらうのが一番なのだろうと思う。もう深夜と言っても差し支《つか》えない時間だが、自分達の警備のために起きている人間も絶対にいるのだから、頼めばいくらでも持ってきてはもらえるだろう。

だけどそれをしなかったのは、セシリアに対する一種の意趣返《いしゅがえ》しのようなものだった。

オスカーは彼女に身の安全は保証できないと言った。

意識がない時とはいえ、それを破ってきたのは彼女で、ベッドから出て行こうとするオスカーを引き止めたのも彼女だ。

ならばこのぐらいのペナルティはあって然《しか》るべきだろう。

このぐらいのご褒美《ほうび》はもらってもいいだろう。

オスカーの言葉にセシリアの目が半分ほど開く。そしてやっぱり覚醒《かくせい》してない状態で、彼女は再び擦《す》り寄ってきた。そして、先ほどと同じようにオスカーの胸板《むないた》に頭を押し付ける。

そして数秒後――

「すぅ……」

「温めるとすぐ寝《ね》るとか。それはどうなんだ？」

まるで赤子のようだと、彼女のハニーブロンドを梳《す》きながら思う。なのに、彼女から香《かお》ってくる甘ったるい香りは赤子や幼子とはかけ離れたちゃんとした女性のもので、容赦《ようしゃ》なくオスカーの理性を攻《せ》め立てる。

「はぁ……」

正直、眠《ねむ》れるかどうか心配だ。というか、眠れないだろうと諦《あきら》めてさえいる。

本当にセシリアには振り回されっぱなしだ。しかも最近ではそれを心地《ここち》よいと思ってしまっている自分がいるのだから、ますますタチが悪い。

これも結局、惚《ほ》れた弱みというやつなのだろう。

オスカーはセシリアの背中に手を回し、彼女の身体《からだ》を引き寄せた。すると、セシリアはなぜか「えへへ」と幸せそうに笑い、そして――

「いちか、ちゃん」

「おい、誰《だれ》だ。その『いちか』というのは……」

明らかな好意を持って呼んだその名に、途端《とたん》に声が低くなった。

こういう時に呼ぶのならば自分の名前だろう、と一瞬《いっしゅん》考えたが、しかし、いま自分の名前を呼ばれたら、それこそ正気でいられなくなるような気もした。

「その、いちかとやらがどこの誰かはわからないが、いまそばにいるのは俺なんだからな？」

決して届かないからこそ、声に出してそう言った。寝てしまっている彼女はやっぱりその声に答えなかったが、その言葉はオスカー自身の心にじんわりと染《し》み渡《わた》る。

（そうか、いま俺は独占《どくせん》しているんだな）

人気者の彼女を、婚約《こんやく》者である彼女を、想い人である彼女を、独占している。

ひとりじめしている。

そう思った瞬間、魔《ま》が差した。悪魔が囁《ささや》いた。本能が顔を出した。

「むぅ」

セシリアの小さな寝言が耳元で聞こえて、そこでようやくオスカーは自分が彼女を抱《だ》きしめていることに気がついた。先ほどのように引き寄せた程度のふれあいではない。彼女の背中に両腕を回して、身体ではなくその奥にある心を引き寄せるように、一つに溶《と》け合おうとするように、オスカーは彼女を抱きしめていた。彼女の細い骨が僅《わず》かに軋《きし》む。耳同士が軽く触《ふ》れ合って、心臓の音が重なる。彼女の首筋に自分の顔が埋《う》まっている。

セシリアの呼吸を耳の裏に感じて、あぁ、と身体が熱くなった。

劣情《れつじょう》よりも先に幸福感がやってきたことに一瞬だけ安心して、でもすぐに男性としてのちゃんとした欲《よく》も追いついてきて、それが爆発《ばくはつ》してしまわないうちに慌《あわ》てて身体を離《はな》す。

「なにやってるんだ、俺は……」

吐《は》き出した声は熱に浮《う》かされているのに、これ以上自分の近くにいるのは彼女が危険かもしれないとわかっているのに、オスカーは自分からセシリアを完全に遠ざけなかった。

未だ背中に手を回せる距離《きょり》で、彼女の顔をじっと眺《なが》める。

「好きだよ」

何度そう伝えればいいのだろうか。

何度言葉を重ねれば、この不毛な一人相撲《ずもう》は終わるのだろうか。

そうは思ったが、でもきっと今は彼女から言葉が返ってくることをオスカーは望んではいなかった。そうやって感情を吐き出していないとこの距離を保っていられなかったから、吐き出したのだ。

「好きだよ」

やっぱりその言葉には何も返ってこない。代わりに返ってきたのは……

「えへへ……」

という、なんとも彼女らしい気の抜《ぬ》けた笑《え》みだった。


窓から入ってきた朝日がまぶたを焼いて、セシリアは目を覚ました。

覚醒した瞬間からなぜか身体が重たくて、彼女は天井《てんじょう》を見つめたまま「ふぅ……」と息を漏《も》らす。寝転がったまま頭だけ動かして窓の方を見ると、ちょうど太陽と目が合った。あの位置に日があるということは、きっと自分は寝坊《ねぼう》したのだろう。セシリアは目を細めながら先ほどとは違う意味で息をついた。

(体調でも、悪いのかな……)

だから身体が重いし、寝坊してしまったのかもしれない。

微睡《まどろ》む頭でそう考えて、彼女はとりあえず身支度《みじたく》だけはしなければと、身体を起こそうとした。……起こそうとした。が、なぜか起きられなかった。

「あれ？」

セシリアは天井を見上げながらそう呟《つぶや》く。

おかしい、身体が動かない。というか、動かないようにされている。

先ほどまでは身体が重いのだと思っていたが、これはなんだか様子が違《ちが》う。

言うなれば木の枝だ、太い木の枝が腹部の上に載《の》っている感覚があるのだ。

その太い木の枝は、セシリアの身体に巻きついて彼女の身体を固定していた。それどころか、セシリアには逆らえない力強さで、彼女を巻き取ろうとする。

ぐっとどこかに引き寄せられて、セシリアはようやく自分の腹部に回っているそれが木の枝ではないことに気がついた。これは木の枝ではない。当然だ。これは、どこからどう見ても人の腕《うで》である。そして背中に感じるのは……

（あったかい……）

人の温《ぬく》もりだった。体温だった。

頭は覚醒したが、状況《じょうきょう》が理解できなくて目の前がぐるぐると回り出す。

そうしていると背中の方から「んんっ」と何やら人の声のようなものが聞こえてきて、セシリアは身体を跳《は》ねさせた。恐《おそ》る恐る背後を確かめると、そこには頭の片隅《かたすみ》で予想していた通り、眠っているオスカーの顔があった。

「――っ！」

セシリアは声にならない悲鳴をあげる。

どうしてこんなことになっているのかまったくわからない。ただ昨晩はいつもよりもベッドが暖かかった。ここ数日、寒くてよく眠れていなかったのだが、昨晩だけは、なぜか熟睡《じゅくすい》できた。ベッドに入った時はいつもよりも寒いと思っていたのに。もしかして、熟睡できた理由はこの背中の体温なのだろうか。

だとしたら相当恥《は》ずかしい。死ぬほど恥ずかしい。

セシリアが背後を見つめたまま固まっていると、彼女たちの部屋の扉《とびら》がノックされた。そして、一人の使用人が顔を覗《のぞ》かせる。セシリアたちが連れてきた、セシリアの事情をちゃんと知っている使用人である。

「おはようございます。オスカー様、セシリアさ……ま」

いつまで経《た》っても起きてこない二人を起こしにきたのだろうその使用人は、ベッドの中の二人を見て、一瞬だけ固まった。そして「あ」と小さく声を漏らす。

「……」「……」

セシリアと使用人の目が合う。使用人の彼女は、セシリアを抱きしめたまま幸せそうに眠るオスカーに視線を滑《すべ》らせた後、すっと背筋を伸《の》ばした。

「大変失礼いたしました。朝食の方は遅《おく》らせますので、ごゆっくりと」

「ちょっと、待って！」

セシリアの制止も虚《むな》しく、使用人の女性は部屋から去っていってしまう。扉が閉まる音だけが、部屋の中に残った。

セシリアは一拍《いっぱく》置いた後、振《ふ》り返る。そして、泣きそうな声を張り上げた。

「お、オスカー起きて！　というか、放して！　いま、人が来て――」

セシリアの悲鳴にオスカーが身じろぐ。そうしてようやく、彼は重たい瞼《まぶた》を開けた。

「オス――」

「おはよう、セシリア」

オスカーは眠気《ねむけ》混じりの声でそう言い、心底嬉《うれ》しそうな微笑《ほほえ》みを見せた。

瞬間、セシリアの頭から先ほどまでの混乱が吹《ふ》っ飛んで、代わりに羞恥《しゅうち》が頭を埋め尽《つ》くす。

「お、おはようございます……」

火照《ほて》ってしまった顔でセシリアがなんとかそう返すと、オスカーは一度だけ微笑んで、またゆっくりと瞼を閉じるのだった。

あとがき

皆様《みなさま》、ご無沙汰《ぶさた》しております！　秋桜《あきざくら》ヒロロです！

この度《たび》は『悪役令嬢《れいじょう》、セシリア・シルビィは死にたくないので男装することにした。』の五巻をお手に取っていただき、ありがとうございます！

最初の頃《ころ》は、正直ここまで続くと思っていなかったので、本当に嬉《うれ》しいですし、感慨《かんがい》もひとしおです。これもひとえに、読んでくださる読者様あってのことだと思っています。今までセシリアを支えてきてくださり、本当にありがとうございます！

さてさて、この巻で、セシリアたちのいる世界の元となったゲーム、『ヴルーヘル学院の神《み》子姫《こひめ》3』の本編が終わりました！　ジャニスとの決着も無事（？）についたし、恋愛《れんあい》方面もある程度方向性が決まったということで、ヒロロとしてはちょっと一息ついた感じです！

本当はもうちょっと恋愛面を掘《ほ》り下げたかったし、ローランにも救いを与《あた》えたかったのですが、これは後々のお楽しみということで！

ヒロロ、恋愛書くの得意なんですよー！　楽しみに待っていてください！

WEBでのんびりと書いていこうと思っていますので、なかなか続きが出ないなあと思ったら、そちらの方もチェックしていただけると助かります！

そしてそして！　実は悪セシ、この度オーディオドラマになります！　え。前にもなったって？　実はですね、以前は購入者特典《こうにゅう》のオーディオドラマでしたが、今回は購入するタイプのオーディオドラマになるんです！

さらに今回は、待望のセシリアまで出てくる予定です！　とっても楽しみですよね？

原案は、私が書かせていただきました！　もちろん、書き下ろしです！

いつも通りのドタバタラブコメになっていると思いますので、皆様ぜひぜひ楽しみに待っていてくださいませ！

今回も本当に、たくさんの方々にお世話になりました！

まずは、表紙と挿絵《さしえ》を描《か》いてくださった、ダンミル先生！　本当にいつもいつも素敵《すてき》な表紙をありがとうございます！　描いていただいた表紙のどれもが、私の宝物です！　ダンミル先生の描かれる絵は本当に可愛《かわい》らしくて大好きです！

そして次に、コミカライズを担当してくださっている、秋山《あきやま》シノ先生！　いつも素敵な漫画《まんが》をありがとうございます。悪セシが五十万部という大きな数字に乗れたのは、ひとえに秋山先生のおかげです。これからもどうぞよろしくお願いいたします。

更《さら》に、担当編集者様、ビーンズ文庫編集部の皆様！　私の妄想《もうそう》を本にしていただき、読者の皆様に届けてくださり、本当にありがとうございます！　私が作家としてやっていけているのも、皆様方のおかげです。これからもどうぞよろしくお願いします。

最後に、悪セシを読んでくださっている読者様！　前の方でも書きましたが、皆様方のおかげで、私は本を出せています。これからも皆様に私の妄想を届けていきたいと思っていますので、お付き合いのほどどうぞよろしくお願いいたします！

多くの人に支えられて、私は本を出せています。とても果報者です。

これからも一生懸命頑張《いっしょうけんめいがんば》っていきますので、応援のほど、よろしくお願いいたします。

それではまた、どこかでお会いできることを祈《いの》りまして……

秋桜ヒロロ

「悪役令嬢、セシリア・シルビィは死にたくないので男装することにした。5」の感想をお寄せください。
おたよりのあて先
〒102-8177　東京都千代田区富士見2-13-3
株式会社KADOKAWA　角川ビーンズ文庫編集部気付
「秋桜ヒロロ」先生・「ダンミル」先生
また、編集部へのご意見ご希望は、同じ住所で「ビーンズ文庫編集部」
までお寄せください。

悪役令嬢《あくやくれいじょう》、セシリア・シルビィは死《し》にたくないので男装《だんそう》することにした。5

秋桜《あきざくら》ヒロロ

角川ビーンズ文庫　23316

令和4年9月1日　初版発行

発行者――――青柳昌行
発　行――――株式会社KADOKAWA
〒102-8177　東京都千代田区富士見2-13-3
電話 0570-002-301（ナビダイヤル）
印刷所――――株式会社暁印刷
製本所――――本間製本株式会社
装幀者――――micro fish

●お問い合わせ
https://www.kadokawa.co.jp/（「お問い合わせ」へお進みください）
※内容によっては、お答えできない場合があります。
※サポートは日本国内のみとさせていただきます。
※Japanese text only

ISBN978-4-04-112899-2 C0193 定価はカバーに表示してあります。　◇◇◇

角川ビーンズ小説大賞
原稿募集中！
君の〝物語〟が
ここから始まる！
角川ビーンズ
小説大賞が
パワーアップ！
https://beans.kadokawa.co.jp
詳細は公式サイトでチェック!!!
【一般部門】&【WEBテーマ部門】
賞金 大賞 100万円
優秀賞 30万円
他副賞
締切 3月31日
発表 9月発表（予定）
イラスト／紫　真依